Autor _ Marcel Schwob
Títulos _ A cruzada das crianças/
Vidas imaginárias

Copyright	Hedra 2011
Tradução©	Dorothée de Bruchard
Títulos originais	*La Croisade des enfants;* *Vies imaginaires*
Primeira edição	*A cruzada das crianças.* Porto Alegre: Paraula, 1996.
Corpo editorial	Adriano Scatolin, Alexandre B. de Souza, Bruno Costa, Caio Gagliardi, Fábio Mantegari, Felipe C. Pedro, Iuri Pereira, Jorge Sallum, Oliver Tolle, Ricardo Musse, Ricardo Valle

Dados

Dados Internacionais de Catalogação na Publicação (

S425   Schwob, Marcel (1867–1905).

A cruzada das crianças/ Vidas imaginárias. /
Marcel Schwob. Tradução de Dorothée de
Bruchard. Introdução de Marcelo Jacques de
Moraes. — São Paulo: Hedra, 2011. 162 p.

ISBN 978-85-7715-221-6

1. Literatura Francesa. 2. Romance. 3. História
de Vida. I. Título. II. A cruzada das crianças.
III. Vidas imaginárias. IV. Bruchard, Dorothée,
Tradutora. V. Moraes, Marcelo Jacques de.

CDU 840
CDD 843

Elaborado por Wanda Lucia Schmidt CRB-8-1922

Direitos reservados em língua
portuguesa somente para o Brasil

EDITORA HEDRA LTDA.

Endereço	R. Fradique Coutinho, 1139 (subsolo) 05416-011 São Paulo SP Brasil
Telefone/Fax	+55 11 3097 8304
E-mail	editora@hedra.com.br
Site	www.hedra.com.br

Foi feito o depósito legal.

Autor	Marcel Schwob
Títulos	A cruzada das crianças/ Vidas imaginárias
Tradução	Dorothée de Bruchard
Introdução	Marcelo J. de Moraes
São Paulo	2011

hedra

Marcel Schwob (Chaville, 1867–Paris, 1905) foi ficcionista, ensaísta e tradutor francês. Com formação intelectual erudita, ocupou lugar de destaque nos meios literários parisienses nos anos 1890, tendo convivido intimamente com escritores como Paul Claudel, Guy de Maupassant, Jules Renard e Alfred Jarry, entre outros. Traduziu autores latinos como Luciano de Samósata, Catulo e Petrônio, mas tinha especial predileção por escritores de língua inglesa, como Defoe, Stevenson, Meredith e Whitman. Entre suas obras mais importantes estão *Cœur double* (Coração duplo, 1891), *Le Roi au masque d'or* (O rei da máscara de ouro, 1892), *Le Livre de Monelle* (O livro de Monelle, 1894), *La Croisade des enfants* (A cruzada das crianças, 1896) e *Vies imaginaires* (Vidas imaginárias, 1896).

A cruzada das crianças (1896) tem como ponto de partida as crônicas medievais do século XIII sobre um grupo de crianças alemãs e francesas que teriam se reunido em torno de um jovem profeta para marchar rumo a Jerusalém. A narrativa é composta de oito relatos que trazem pontos de vista independentes sobre o acontecimento.

Vidas imaginárias (1896) reúne narrativas que têm como protagonistas personagens históricos mais ou menos conhecidos. Schwob reconstitui à sua maneira a trajetória de filósofos, escritores, escravos, soldados, piratas e criminosos, seja a partir de biografias já existentes ou documentação histórica, seja a partir de fontes literárias.

Dorothée de Bruchard é graduada em Letras pela Universidade Federal de Santa Catarina (UFSC), e mestre em Literatura Comparada pela University of Nottingham, Inglaterra. Entre 1993 e 2001, dirigiu a Editora Paraula, dedicada à publicação de clássicos em edições bilíngues. Atualmente é tradutora e responsável pelo site e publicações do Escritório do Livro (www.escritoriodolivro.com.br).

Marcelo Jacques de Moraes é professor de Literatura Francesa da Universidade Federal do Rio de Janeiro, pesquisador do CNPq e tradutor. Tem doutorado em Letras Neolatinas (UFRJ, 1996) e pós-doutorado em Literatura Francesa. É coeditor da revista *Alea: Estudos Neolatinos* desde 1999. Publicou diversos artigos em revistas e livros no Brasil e no exterior.

SUMÁRIO

Introdução, por Marcelo Jacques de Moraes 9

A CRUZADA DAS CRIANÇAS 19
Relato do Goliardo 23
Relato do Leproso 25
Relato do Papa Inocêncio III 27
Relato de três criancinhas 31
Relato de François Longuejoue, escrevente 34
Relato do Calândar 35
Relato da Pequena Allys 38
Relato do Papa Gregório IX 39

VIDAS IMAGINÁRIAS 45
Prefácio 47
Empédocles (deus presumido) 56
Eróstrato incendiário 60
Crates cínico 65
Septima encantatriz 69
Lucrécio poeta 74
Clódia matrona impudica 78
Petrônio Romancista 82
Sufrah geomante 86
Frate Dolcino herético 90
Cecco Angiolieri poeta rancoroso 94
Paolo Uccello pintor 99
Nicolas Loyseleur juiz 104
Katherine, a rendeira mulher amante 110
Alain o gentil soldado 114
Gabriel Spenser ator 118
Pocahontas princesa 123
Cyril Tourneur poeta trágico 127
William Phips pescador de tesouros 132

Capitão Kid pirata 136
Walter Kennedy pirata iletrado 140
Major Stede Bonnet pirata por propensão 144
Sr. Burke e sr. Hare assassinos 151

INTRODUÇÃO

EM MEIO ao desespero ocasionado por uma súbita dispersão de sua volúpia amorosa, o poeta latino Lucrécio, vagando, como por acaso, entre livros, se vê subitamente diante do tratado de Epicuro. "De imediato", prossegue o narrador da pequena biografia do autor de *De Rerum Natura* imaginada por Marcel Schwob em suas *Vidas imaginárias*, ele "compreendeu a variedade das coisas deste mundo, e o quanto é vão se esforçar rumo às ideias".

Essa passagem pode ajudar-nos a compreender o grande desafio da literatura para este ficcionista, ensaísta e tradutor nascido em 1867 em Chaville, região de Champagne, e que, embora tenha ocupado, ao final do século XIX, um lugar de referência nos círculos literários parisienses, é hoje um escritor praticamente desconhecido — não apenas entre nós, no Brasil, mas também na França, seu país natal, onde há pouco volta a despertar interesse. Reconhecido por seus contemporâneos pela enorme erudição, pelo "prodigioso conhecimento de tudo", conforme resumiu o amigo Henri de Régnier, Schwob acreditava, como descobriria o epicurista latino nessa breve narrativa, que as palavras "se entretecem com os átomos do mundo". E que, longe de tornar manifesto o sentido último e transcendente dos acontecimentos, ou seja, longe de traçar-lhes uma dimensão

INTRODUÇÃO

simbólica e convertê-los, assim, em ideia geral — como, por exemplo, no fragmento em questão, a ideia de um amor fusional que unisse definitivamente os amantes —, as palavras devem, como a morte — e a literatura —, permitir, ou talvez, melhor dizendo, urdir a "alforria" da "turba turbulenta" de átomos que constituem, finalmente, a vida "rumo a mil outros movimentos vãos".

Tal perspectiva é claramente apresentada pelo próprio escritor em seu prefácio às *Vidas imaginárias*, no qual ele afirma nos seguintes termos suas concepções estéticas: "A arte é contrária às ideias gerais, descreve apenas o individual, deseja apenas o único. Não classifica; desclassifica". "O ideal do biógrafo", escreve Schwob mais adiante, "seria diferenciar ao infinito o aspecto de dois filósofos que tivessem inventado mais ou menos a mesma metafísica". Ou seja, em vez de reduzir os acontecimentos de uma vida a uma unidade geral, por meio da qual sua inteligibilidade se revelaria, fixando-os e determinando, por assim dizer, a identidade do biografado, o biógrafo acumula elipticamente fatos estranhos — "movimentos vãos" — sem encadeamento causal aparente, sem que, no mais das vezes, a narração de cenas e a descrição de detalhes das vidas imaginadas formem, em sua justaposição, uma lógica totalizadora. Como se cada "aspecto" de uma vida — e da história em geral — pudesse, justamente, "diferenciar-se ao infinito", numa produção vertiginosa de conjecturas a que o leitor não consegue ficar imune: a ele, também, diante desses textos, só resta seguir conjecturando sobre seu sentido.

Parece-me que é sob esse prisma que devemos considerar a tensão entre ficção e história que atravessa as duas obras que constituem este volume, originalmente publicadas em 1896: *A cruzada das crianças* e as já referidas *Vidas imaginárias*. Vale esclarecer que Schwob jamais inventa inteiramente as narrativas que as compõem, trata-se de reescrever e reinterpretar textos mais ou menos antigos, relatos e documentos recolhidos em sua vasta cultura, que aliava a tradição judaica de que era herdeiro — ele provinha de uma família de intelectuais judeus — às literaturas grega, latina e anglo-saxônica, assimiladas com voracidade ao longo de sua relativamente breve vida — o escritor morreu prematuramente em 1905, de problemas pulmonares.

No caso da *Cruzada*, Schwob parte de crônicas medievais constituídas no século XIII sobre um grupo de crianças que teriam vindo de toda a Alemanha e de toda a França para se reunir em torno de um jovem profeta que as conduziria a Jerusalém. Deus abriria então o Mediterrâneo para que elas passassem, evocando a saída dos judeus do Egito. No entanto, essas crianças teriam sido raptadas e vendidas no mercado de escravos. A lenda, que alimentou uma abundante literatura popular da época, era baseada em fatos históricos, esclarecidos apenas na segunda metade do século XX, em especial pelos trabalhos de Georges Duby e Philippe Ariès, que mostraram que elas nasciam do uso repetido, nos relatos, da palavra *pueri*, que significa de fato *crianças* em latim clássico, mas que também remetia a pessoas que se encontrassem em situação de miséria ou de servidão, o que implica que tais cruzadas foram provavelmente compostas por camponeses marginalizados pelas transformações sociais e econômicas do século XIII.

INTRODUÇÃO

No entanto, independentemente de sua verdade histórica, o que interessa especialmente a Schwob nos relatos que compõem sua *Cruzada* é aquela "diferenciação ao infinito" do acontecimento, realizada aqui por meio da multiplicação de testemunhos do mesmo fato atribuídos a personagens reais e imaginários. Schwob se inspiraria, como evoca Jorge Luis Borges em prólogo à edição espanhola de 1949, no método de Robert Browning em seu poema narrativo *The Ring and the Book* (1868), no qual a história de um crime se revela por meio de diversos pontos de vista independentes. Na *Cruzada*, temos, por exemplo, o ressentimento do leproso condenado à danação, e que poupa a criança que não o teme:

Minha monstruosa brancura semelha para ela a de seu Senhor. [...] E eu lhe disse: — Vai em paz rumo ao teu Senhor branco, e dize-lhe que ele me esqueceu.

E a experiência da dúvida do papa Inocêncio II, cujo relato, marcado por uma angústia que em certos momentos parece beirar o cinismo, dirige-se a Deus:

Essas crianças perecerão. Não façais com que haja sob Inocêncio um novo massacre dos Inocentes. [...] A vida pregressa faz com que hesitem nossas resoluções. Não vi milagre algum. Ilumina-me. [...] Orienta-me, pois eu não sei. Senhor, são teus pequenos inocentes. E eu, Inocêncio, não sei, não sei.

Temos a inocência crédula das criancinhas, que nada detém:

Nós três, Nicolas que não sabe falar, Alain e Denis, saímos pelas estradas rumo a Jerusalém. Faz tempo que estamos

MARCELO JACQUES DE MORAES

andando. Foram vozes brancas que nos chamaram na noite. Chamavam todas as criancinhas. [...] Em toda parte há densas florestas, e rios, e montanhas, e espinhos. Mas em toda parte as vozes estarão conosco.

E a condescendência altiva do calândar fiel a Maomé, que se serve do episódio para confirmar sua própria fé:

E se não tivessem afortunadamente caído nas mãos dos Crentes, teriam sido apanhadas pelos Adoradores do Fogo e acorrentadas em porões profundos. E aqueles malditos teriamnas ofertado em sacrifício ao seu devorador e detestável ídolo. Louvado seja nosso Deus que faz bem tudo aquilo que faz e protege até mesmo aqueles que não o confessam.

Embora distintas, e refletindo, justamente por isso, a rede complexa e escarpada em que se trama a decantação da aventura da história no imaginário da humanidade, essas vozes se reúnem, por outro lado, pelo timbre de solidão, desespero e impotência com que selam a irracionalidade dessa aventura, em que parece haver apenas vítimas.

Em *Vidas imaginárias*, Schwob parte, também, de fontes históricas e literárias bastante eruditas, mas desta vez, já o sabemos, para imaginar a vida de seus protagonistas, todos indivíduos bem reais, mais ou menos celebrados pela história — do filósofo Empédocles ou do pintor Uccello, que o leitor reconhecerá de imediato, à escrava Septima ou ao soldado Alain o Gentil, certamente mais obscuros —, e que são por vezes, para surpresa do leitor, coadjuvados por personagens bem mais notórios do que eles — assim, por exemplo, os percalços do ator Gabriel Spenser servem antes para evocar

INTRODUÇÃO

o famoso dramaturgo Ben Jonson (1572—1637), contemporâneo de Shakespeare, a matrona impudica Clódia é pretexto para um retrato de Cícero, a vida do poeta Cecco Angiolieri tem como contraponto a de Dante, o juiz Nicolas Loyseleur nos põe diante de Joana d'Arc...

O essencial, contudo, é que a matéria narrada, constituída essencialmente de informações verificáveis, não vem produzir aquele "efeito de real" a que se referia Roland Barthes aludindo à função, notável especialmente no romance realista do século XIX, de legitimação histórica da narrativa exercida pela inserção, como que casual, de pormenores, de pequenos detalhes aparentemente insignificantes para o enredo. Estes, na verdade, servem antes de tudo, para Schwob, como "brechas singulares e inimitáveis" que permitem "descrever um homem em todas as suas anomalias". Pois não lhe interessa a história por aquilo que podemos compartilhar com este ou aquele personagem, e que nos levaria a uma identificação com ele, mas, ao contrário, por aquilo que de cada um deles permanece incompartilhável, e que o restitui, assim, à sua singularidade mais plena. Como o próprio escritor antecipa em seu prefácio:

Assim como Sócrates, Tales poderia ter dito *Conhece-te a ti mesmo,* mas não esfregaria a perna do mesmo jeito, na prisão, antes de tomar a cicuta. As ideias dos grandes homens são patrimônio comum da humanidade: cada um deles só possuiu de fato as próprias esquisitices.

Em suma, Schwob não vê a literatura como lugar de eleição e de partilha, com uma comunidade leitora, de um "patrimônio comum da humanidade". Mas como um horizonte em que as insignificâncias da vida dos

MARCELO JACQUES DE MORAES

homens — suas "esquisitices" —, solicitadas pela ima- | 15
ginação do escritor, podem ostentar-se em toda a sua
misteriosa efemeridade, estimulando, a seu turno, a
imaginação do leitor.

Um exemplo que explicita ironicamente tal perspectiva pode ser encontrado em "Sr. Burke e Sr. Hare,
assassinos", última e perturbadora narrativa da série de
Vidas imaginárias — e espécie de *"mise en abyme* final
da arte do biógrafo", como assinala o crítico Alexandre
Gefen. Aqui o narrador de Schwob apresenta a vida dos
famosos assassinos seriais irlandeses William Burke e
William Hare, que mataram 17 pessoas em Edimburgo,
na Escócia, vendendo seus corpos para o Dr. Robert
Knox, anatomista e professor da Faculdade de Medi-
cina local. Como o califa das *Mil e uma noites*, conta o
narrador, Burke "desejou misteriosas aventuras, sendo
curioso por relatos desconhecidos e pessoas estrangeiras". Assim, saía pelas ruas ao anoitecer e convidava "ao
acaso" um "transeunte desconhecido" para ir ao apo-
sento de Hare, onde os dois o incitavam a contar-lhes
"os fatos mais surpreendentes de sua existência". No
entanto, a despeito do interesse "insaciável" de Burke
pelo relato do estranho, os dois cúmplices, antes que
nascesse o dia, asfixiavam-no lentamente, enquanto "sonhavam, imóveis, com o final da história que nunca
escutavam", e "[concluindo] assim uma quantidade de
histórias que o mundo jamais conhecerá". A seguir "ex-
ploravam o mistério": examinavam cuidadosamente
tudo o que encontravam com o cadáver, antes de vendê-
lo para dissecação.

INTRODUÇÃO

O leitor não poderá deixar aí de deparar-se com a desmedida da tarefa do biógrafo, e a dimensão intrinsecamente inconclusiva — e, sobretudo, imaginativa — de seu projeto de dar a ver ao mundo uma existência acabada. E de observar a ironia de que o resultado desse processo de esgotamento concentrado de uma vida — o cadáver, justamente — seja em seguida vendido a um anatomista, aquele que, à procura da normalidade comum a todos os homens, o reduz a um aglomerado de órgãos, ironia que talvez se estenda, de um lado, a certa função normativa que a visada científica, ciosa de regularidade e de universalidade, exigia cada vez mais do trabalho do historiador, e, de outro lado, à própria posição (pseudo)exigente do leitor consumidor contemporâneo de Schwob, que, como o próprio Burke, havia passado a esperar das narrativas algo além de "relatos eternamente similares da experiência humana".

Daí, em contrapartida, o desenvolvimento, nos tempos modernos, do "sentimento do individual" a que se refere Schwob em seu prefácio a *Vidas*, e que ele, marcado pelo simbolismo de seus contemporâneos, sugere mais do que explicita, inoculando-o em nós, leitores, através da "milagrosa mutação [...] da semelhança em diversidade", alcançada estilisticamente por meio das elipses, condensações, saltos, interrupções que marcam suas narrativas, tanto ao nível da estrutura quanto do próprio encadeamento das frases, muitas vezes justapostas sem um princípio de ligação ou de causalidade aparente. O que faz justamente com que, vez por outra, ergamos os olhos do livro para devanear com alguma alusão de passagem ou para especular sobre as inextri-

MARCELO JACQUES DE MORAES

cáveis intrigas da História. Qual o sentido, por exemplo, de o incendiário Heróstrato ter morrido no dia do nascimento de Alexandre da Macedônia?

Antes de liberar o leitor para entregar-se ao prazer da leitura e às suas próprias especulações, façamos um retrato sumário da vida do escritor — retrato nada schwobiano, como se haverá de notar ao longo da leitura do livro. De família culta — Isaac-Georges Schwob, seu pai, foi proprietário de jornais, frequentou os parnasianos e foi amigo de Flaubert, e Léon Cahun, seu tio materno, escreveu inúmeros livros e foi diretor da célebre Biblioteca Mazarine, em Paris —, Schwob teve sólida formação intelectual. Depois da infância, passada no interior da França, muda-se para Paris, onde mora com o tio. Estuda no Liceu Louis-le-Grand, frequenta a École Pratique des Hautes Études, conclui o curso de letras na Sorbonne. Seu espectro de leituras e de interesses intelectuais sempre foi imenso. Tudo o fascina, de Jules Verne, uma de suas leituras preferidas desde a infância, a Luciano de Samósata, que traduz aos 16 anos; de Schopenhauer, estudado com dedicação desde a adolescência, a Saussure, cujo curso sobre a fonética indo-europeia frequenta com entusiasmo na Sorbonne; de François Villon, a partir de cuja obra escreveria um estudo sobre a gíria dos ladrões, *Le Jargon des Coquillards* (O jargão dos ladrões), a Robert Louis Stevenson, cuja obra traduziu para o francês e a quem dedicou sua primeira obra de ficção, *Cœur double* (Coração duplo). Colabora com jornais importantes da época — *L'Écho* e *L'Événement*, por exemplo —, onde encontra diversos escritores e intelectuais ativos, como Cattulle Mendès,

INTRODUÇÃO

Jean Lorrain, Guy de Maupassant, Rémy de Goncourt e Maurice Barrès. É íntimo de Paul Claudel, Oscar Wilde e Alfred Jarry, que lhe dedicaria *Ubu Rei*. Estimula e ajuda a promover jovens escritores pouco conhecidos, entre os quais Paul Verlaine e Jules Renard. Traduz Defoe, Meredith, Whitman. Seus livros são recebidos calorosamente por seus contemporâneos. Mallarmé declara-se fascinado pelo *Livro de Monelle*, por exemplo. Morre aos 37 anos, após longa luta contra a doença.

A despeito do interesse que uma exposição menos sucinta da rica trajetória biográfica do autor pudesse oferecer, preferimos nos deter aqui e estimular o leitor a passar de imediato ao que importa: à obra de Marcel Schwob. Pois como bem dizia Borges — que refere, aliás, as *Vidas imaginárias* como uma das fontes mais significativas de sua *História universal da infâmia* —, a biografia de um grande escritor é antes de tudo sua própria obra. É nela que se situa o centro de seu labirinto. Vamos, portanto, a ela.

A CRUZADA DAS CRIANÇAS

Circa idem tempus pueri sine rectore sine duce de universis omnium regionum villis et civitatibus versus transmarinas partes avidis gressibus cucurrerunt, et dum quaereretur ab ipsis quo currerent, responderunt: Versus Jherusalem, quaerere terram sanctam... Adhuc quo devenerint ignoratur. Sed plurimi redierunt, a quibus dum quaereretur causa cursus, dixerunt se nescire. Nudae etiam mulieres circa idem tempus nihil loquentes per villas et civitates cucurrerunt... [1]

[1]Em latim, no original: "Por volta da mesma época, desprovidas de guia ou de líder, crianças puseram-se a correr, a passos ávidos, de todas as vilas e cidades de cada região rumo às terras de além-mar, e, quando lhes perguntaram para onde corriam, responderam: 'Para Jerusalém, em busca da Terra Santa...'. Até agora não se sabe aonde chegaram. Muitas, porém, voltaram e, quando lhes perguntaram o motivo da corrida, disseram não saber. Também mulheres nuas, por volta da mesma época, sem nada falar, puseram-se a correr por vilas e cidades". *Tradução de Adriano Scatolin.*

RELATO DO GOLIARDO

Eu, pobre goliardo, miserável clérigo errando pelos bosques e estradas a mendigar, em nome de Nosso Senhor, meu pão de cada dia, presenciei uma cena piedosa e ouvi as palavras das criancinhas. Sei que minha vida não é muito santa e que cedi às tentações sob as tílias do caminho. Os irmãos que me oferecem vinho percebem que sou pouco habituado a bebê-lo. Mas não pertenço à seita dos que mutilam. Há malvados que furam os olhos dos pequenos, e lhes serram as pernas e atam as mãos, a fim de exibi-los e implorar compaixão. Eis porque me assustei ao ver todas aquelas crianças. Nosso Senhor, sem dúvida, irá defendê-las. Falo a esmo, pois estou pleno de alegria. Estou rindo da primavera e daquilo que vi. Meu espírito não é muito forte. Recebi a prima tonsura com a idade de dez anos, e esqueci as palavras latinas. Sou igual ao gafanhoto: pois vou saltando, aqui, ali, e vou zumbindo, e às vezes abro asas coloridas, e minha cabeça miúda é transparente e vazia. Dizem que são João, no deserto, se alimentava de gafanhotos. Seria preciso comer muitos deles. Mas são João não era um homem igual a nós.

Sou repleto de adoração por são João, pois ele era errante e pronunciava palavras sem sequência. Parece-me que deveriam ser mais suaves. A primavera também, esse ano, está suave. Nunca houve tantas flores brancas e rosa. Os prados estão recém-lavados. Por toda parte cintila o sangue de Nosso Senhor pelas sebes. Nosso Senhor Jesus é cor de lírio, mas seu sangue é encarnado. Por quê? Não sei. Deve estar em algum pergaminho. Se eu fosse um experto em letras, teria pergaminho, e

A CRUZADA DAS CRIANÇAS

nele escreveria. Assim comeria muito bem toda noite. Iria nos conventos rezar pelos irmãos mortos e inscreveria seus nomes no meu rolo. Transportaria meu rolo dos mortos de uma abadia para outra. É uma coisa que agrada a nossos irmãos. Mas desconheço os nomes de meus irmãos mortos. Quem sabe Nosso Senhor tampouco se interesse em sabê-lo. Aquelas crianças todas me pareceram sem nome. E é certo que Nosso Senhor Jesus tem preferência por elas. Ocupavam a estrada qual enxame de abelhas brancas. Não sei de onde vinham. Eram peregrinos bem pequenos. Traziam cajados de aveleira e bétula. Traziam a cruz ao ombro; e aquelas cruzes todas eram de cores diversas. Vi algumas verdes, decerto confeccionadas com folhas cosidas. São crianças selvagens e ignorantes. Erram rumo a não sei quê. Têm fé em Jerusalém. Acho que Jerusalém é longe, e Nosso Senhor deve estar mais perto de nós. Elas não alcançarão Jerusalém. Mas Jerusalém as alcançará. Como a mim. A finalidade de todas as coisas santas está na alegria. Nosso Senhor está aqui, neste espinho avermelhado, e na minha boca, e em minha pobre palavra. Pois penso nele e seu sepulcro está em meu pensamento. Amém. Vou deitar-me aqui ao sol. É um lugar santo. Os pés de Nosso Senhor santificaram todos os lugares. Vou dormir. Faça Jesus dormir à noite todas aquelas criancinhas brancas carregando uma cruz. Em verdade, eu digo a ele. Tenho muito sono. Eu digo a ele, em verdade, pois ele talvez não as tenha visto, e ele deve velar pelas criancinhas. A hora do meio-dia pesa sobre mim. Todas as coisas são brancas. Assim seja. Amém.

MARCEL SCHWOB

RELATO DO LEPROSO | 25

Se quiser compreender o que vou lhe falar, saiba que tenho a cabeça coberta com um capuz branco e ando chacoalhando um malho de madeira dura. Já não sei que rosto é o meu, mas tenho medo de minhas mãos. Correm diante de mim como bichos escamosos e lívidos. Gostaria de cortá-las fora. Tenho vergonha daquilo que tocam. Parecem-me desalentar os frutos vermelhos que colho e as pobres raízes que arranco nelas figuram fenecer. *Domine ceterorum libera me!* O Salvador não expiou meu pecado descorado. Fiquei esquecido até a ressurreição. Como o sapo, selado ao frio da lua numa pedra escura, seguirei encerrado em minha ganga hedionda quando os outros se erguerem com seus corpos claros. *Domine ceterorum, fac me liberum: leprosus sum.* Sou solitário e tenho horror. Só meus dentes mantiveram sua brancura natural. Os bichos se assustam, e minha alma quisera fugir. A luz do dia se afasta de mim. Faz mil e duzentos e doze anos que seu Salvador os salvou, e não teve dó de mim. Não me tocou a lança sangrenta que o perfurou. O sangue do Senhor dos outros talvez me tivesse curado. Penso amiúde no sangue: eu poderia morder com meus dentes; são cândidos. Já que Ele não o quis me dar, tenho a avidez de tomar aquele que lhe pertence. Eis porque espreitei as crianças que desciam da terra de Vendôme rumo àquela floresta do Loire. Traziam cruzes e eram-Lhe submissas. Seus corpos eram Seu corpo e Ele não me fez parte de seu corpo. Sou na terra rodeado por pálida danação. Espiei para chupar sangue inocente no pescoço de uma de Suas crianças. *Et caro nova fiet in die irae.* No dia de terror, minha carne

A CRUZADA DAS CRIANÇAS

será nova. E atrás das outras andava uma criança tenra de cabelos vermelhos. Fixei-me nela; saltei de súbito; tomei-lhe a boca em minhas mãos horríveis. Vestia apenas uma blusa grosseira; seus pés estavam descalços e seus olhos se quedaram plácidos. E considerou-me sem surpresa. Então, sabendo que ela não gritaria, tive o desejo de ainda ouvir uma voz humana e retirei minhas mãos de sua boca, e ela não enxugou a boca. E seus olhos pareciam distantes.

— Quem és tu? — disse eu.

— Johannes, o Teutão — respondeu ele. E suas palavras eram salutares e límpidas.

— Aonde vais? — disse eu ainda.

E ele respondeu:

— A Jerusalém, conquistar a Terra Santa.

Então pus-me a rir, e perguntei-lhe:

— Onde é Jerusalém?

E ele respondeu:

— Não sei.

E eu disse ainda:

— O que é Jerusalém?

E ele respondeu:

— É Nosso Senhor.

Então, pus-me a rir novamente e perguntei:

— O que é o teu Senhor?

E ele me disse:

— Não sei; ele é branco.

E aquela palavra lançou-me no furor e abri os dentes sob o capuz e me inclinei para o seu pescoço tenro e ele não recuou, e eu lhe disse:

— Por que não tens medo de mim?

E ele disse:

— Por que teria medo de ti, homem branco?

Então um grande pranto me agitou, e estendi-me no solo, e beijei a terra com meus lábios terríveis, e gritei:

— Porque sou leproso!

E a criança teuta me considerou, e disse limpidamente:

— Não sei.

Ela não teve medo de mim! Não teve medo de mim! Minha monstruosa brancura semelha para ela a de seu Senhor. E peguei um punhado de capim e enxuguei-lhe a boca e as mãos. E eu lhe disse:

— Vai em paz rumo ao teu Senhor branco, e dize-lhe que ele me esqueceu.

E a criança me olhou sem dizer nada. Acompanhei-a para fora da escuridão desta floresta. Ela andava sem tremer. Vi sumir seu cabelo vermelho, ao longe, no sol. *Domine infantium, libera me!* Que o som do meu malho de madeira te alcance, como o som puro dos sinos! Mestre daqueles que não sabem, liberta-me!

RELATO DO PAPA INOCÊNCIO III

Longe do incenso e das casulas posso, muito facilmente, falar com Deus nesta sala desdourada do meu palácio. É aqui que venho pensar em minha velhice, sem ser amparado ao andar. Durante a missa, meu coração se enleva e meu corpo se enrijece; o cintilar do vinho sagrado enche meus olhos e meu pensamento lubrifica-se com os óleos preciosos; mas neste local solitário de minha basílica, posso vergar-me ao meu cansaço terrestre.

A CRUZADA DAS CRIANÇAS

Ecce homo! Pois o Senhor não deve realmente ouvir a voz de seus padres em meio à pompa dos mandamentos e bulas; e decerto nem são de seu agrado a púrpura, as joias, ou as pinturas; mas nesta pequena cela talvez sinta pena de meu balbucio imperfeito. Senhor, estou muito velho, e eis-me vestido de branco diante de ti, e meu nome é Inocêncio, e tu sabes que nada sei. Perdoa-me meu papado, pois foi instituído e eu o suporto. Não fui eu quem ordenou as honrarias. Prefiro ver o teu sol por esta vidraça redonda do que nos magníficos reflexos de meus vitrais. Deixa-me gemer como um idoso qualquer e voltar para ti este rosto enrugado e pálido que ergo a muito custo das vagas da noite eterna. Os anéis escorregam em meus dedos mirrados, como se esvaem os derradeiros dias de minha vida.

Meu Deus! Sou aqui teu vigário, e a ti estendo minha mão cova, cheia do vinho puro de tua fé. Há grandes crimes. Há crimes muito grandes. Podemos dar-lhes a absolvição. Há grandes heresias. Há heresias muito grandes. Devemos puni-las impiedosamente. Nessa hora em que me ajoelho, branco, nessa cela branca desdourada, padeço de uma angústia profunda, Senhor, sem saber se os crimes e heresias pertencem ao pomposo domínio de meu papado ou ao pequeno círculo de luz em que um homem velho simplesmente une as mãos. E também, estou inquieto no tocante ao teu sepulcro. Segue cercado de infiéis. Não soubemos retomá-lo. Ninguém dirigiu tua cruz para a Terra Santa; mas estamos imersos no torpor. Os cavalheiros depuseram suas armas e os reis já não sabem comandar. E eu, Senhor, eu me acuso e bato no peito: sou fraco e velho demais.

Agora, Senhor, escuta o murmúrio trêmulo que se ergue desta pequena cela de minha basílica, e aconselha-me. Meus servidores trouxeram-me estranhas notícias desde o país de Flandres e Alemanha até as cidades de Marselha e Gênova. Seitas desconhecidas vão surgir. Eles viram correr pelas cidades mulheres nuas que não falavam. Aquelas mudas impudicas designavam o céu. Vários loucos pregaram a ruína nas praças. Os eremitas e clérigos errantes estão cheios de rumores. E não sei por que sortilégio mais de sete mil crianças foram atraídas para fora dos lares. São sete mil na estrada, carregando cruz e cajado. Não têm o que comer; não têm armas; são incapazes e nos envergonham. São ignorantes de toda religião verdadeira. Meus servidores interrogaram-nas. Respondem que vão a Jerusalém conquistar a Terra Santa. Meus servidores disseram-lhes que não podiam atravessar o mar. Responderam que o mar se abriria e ressequiria para deixá-las passar. Os bons pais, pios e sensatos, esforçam-se por retê-las. Elas rebentam as fechaduras à noite e transpõem as muralhas. Muitas são filhas de nobres e cortesãs. É lamentável. Senhor, esses inocentes todos serão entregues ao naufrágio e aos adoradores de Maomé. Vejo o sultão de Bagdá a espreitá-los do seu palácio. Temo que os marinheiros se apoderem de seus corpos para vendê-los.

Senhor, permiti que eu vos fale segundo as fórmulas da religião. Essa cruzada das crianças não é uma obra pia. Não poderá obter o Sepulcro para os cristãos. Aumenta o número de vagabundos que erram às raias da fé autorizada. Nossos padres não podem protegê-la. É de crer que o Maligno possui essas pobres criaturas.

A CRUZADA DAS CRIANÇAS

Seguem em bando para o precipício, como os porcos da montanha.[2] O Maligno de bom grado apossa-se das crianças, Senhor, como sabeis. Outrora, assumiu a forma de um caçador de ratos, para atrair nas notas da música de sua flauta todos os pequenos da cidade de Hamelin. Uns dizem que os infelizes se afogaram no rio Weser; outros, que ele os encerrou no flanco de uma montanha. Receai que Satã conduza todas as nossas crianças rumo aos suplícios dos que não possuem nossa fé. Sabeis, Senhor, que não é bom que a crença se renove. Tão logo ela surgiu numa sarça ardente, vós a mandastes enclausurar num tabernáculo. E quando ela escapou dos vossos lábios no Gólgota, ordenastes que fosse encerrada nos cibórios e ostensórios. Esses pequenos profetas hão de abalar o edifício de vossa Igreja. Há que proibi-los. Em detrimento de vossos consagrados, que gastaram a vosso serviço as alvas e estolas, que resistiram duramente às tentações para conquistar-vos, é que ireis receber aqueles que não sabem o que fazem? Devemos deixar vir a vós as criancinhas, mas pela estrada de vossa fé. Senhor, falo-vos segundo vossas instituições. Essas crianças perecerão. Não façais com que haja sob Inocêncio um novo massacre dos Inocentes.[3]

Perdoa-me agora, meu Deus, o haver-te pedido conselho sob a tiara. O tremor da velhice me está retomando. Olha minhas pobres mãos. Sou um homem muito idoso. Minha fé já não é a dos pequeninos. O

---

[2]Episódio do Evangelho de Marcos 5, 13. [Todas as notas são da tradutora, exceto quando indicadas.]

[3]Crianças trucidadas a mando de Herodes, segundo o Evangelho de Mateus 2, 16.

ouro das paredes desta cela está gasto pelo tempo. Elas
são brancas. O círculo de teu sol é branco. Minha veste
também é branca, e meu coração ressequido é puro.
Tenho dito segundo tua regra. Há crimes. Há crimes
muito grandes. Há heresias. Há heresias muito grandes.
Minha cabeça oscila de fraqueza: talvez não se deva punir, nem absolver. A vida pregressa faz com que hesitem
nossas resoluções. Não vi milagre algum. Ilumina-me.
Será um milagre? Que sinal lhes deste? Terão chegado
os tempos? Queres que um homem muito velho, como
eu, seja igual em sua brancura às tuas cândidas criancinhas? Sete mil! Mesmo sendo sua fé ignorante, irás
punir a ignorância de sete mil inocentes? Eu também
sou Inocente.[4] Senhor, sou inocente como elas. Não me
punas em minha extrema velhice. Os longos anos me
ensinaram que esse bando de crianças não *pode* conseguir. Entretanto, Senhor, será um milagre? Minha
cela se queda em sossego, como em outras meditações.
Sei que não é preciso implorar para que te manifestes;
mas eu, do alto de minha imensa velhice, do alto de
teu papado, eu te suplico. Orienta-me, pois eu não sei.
Senhor, são teus pequenos inocentes. E eu, Inocêncio,
não sei, não sei.

RELATO DE TRÊS CRIANCINHAS

Nós três, Nicolas que não sabe falar, Alain e Denis,
saímos pelas estradas rumo a Jerusalém. Faz tempo que

---

[4]Jogo de palavras com *Innocent*, que significa *Inocêncio*, mas
também *inocente*.

A CRUZADA DAS CRIANÇAS

estamos andando. Foram vozes brancas que nos chamaram na noite. Chamavam todas as criancinhas. Eram como as vozes dos pássaros mortos durante o inverno. E a princípio vimos muitos pássaros, coitados, estendidos na terra enregelada, muitos passarinhos com a garganta vermelha. Vimos depois as primeiras flores e as primeiras folhas e com elas trançamos cruzes. Cantamos diante das aldeias, como costumávamos fazer no ano novo. E todas as crianças corriam para nós. E avançamos como uma tropa. Havia homens que nos maldiziam, por desconhecerem o Senhor. Havia mulheres que nos seguravam pelo braço e nos interrogavam, e cobriam nosso rosto de beijos. E houve também boas almas que nos trouxeram tigelas de madeira, leite morno e frutas. E todo o mundo tinha dó de nós. Pois eles não sabem para onde vamos e eles não escutaram as vozes.

Por sobre a terra há densas florestas, e rios, e montanhas, e sendas cheias de espinheiros. E no fim da terra encontra-se o mar que iremos cruzar em breve. E no fim do mar encontra-se Jerusalém. Não temos governantes nem guias. Mas para nós todas as estradas são boas. Embora não saiba falar, Nicolas caminha como nós, Alain e Denis, e as terras são todas iguais, e igualmente perigosas para as crianças. Em toda parte há densas florestas, e rios, e montanhas, e espinhos. Mas em toda parte as vozes estarão conosco. Há entre nós uma criança chamada Eustáquio, que nasceu com os olhos fechados. Anda com os braços estendidos e sorri. Não vemos nada que ele não veja. Uma menina é quem o guia e carrega a sua cruz. Chama-se Allys. Nunca fala e nunca chora: mantém os olhos fixos nos pés de

Eustáquio, a fim de ampará-lo quando ele tropeça. Nós gostamos deles dois. Eustáquio não vai poder ver as santas lâmpadas do sepulcro. Mas Allys lhe tomará as mãos, para fazer com que ele toque as lajes do túmulo.

Ah! Como são belas as coisas da terra! Não nos lembramos de nada, porque nunca aprendemos nada. Vimos, contudo, velhas árvores e rochas vermelhas. Às vezes passamos dentro de longas trevas. Às vezes andamos até a noite em prados claros. Gritamos o nome de Jesus nos ouvidos de Nicolas, e ele o conhece bem. Mas não sabe dizê-lo. Ele se alegra conosco com aquilo que vemos. Pois seus lábios podem se abrir para a alegria, e ele nos afaga os ombros. E eles, assim, não são infelizes: pois Allys vela por Eustáquio, e nós, Alain e Denis, velamos por Nicolas.

Diziam que nos bosques nos depararíamos com ogros e lobisomens. Mentira. Ninguém nos assustou; ninguém nos fez mal algum. Os solitários e os doentes vêm nos olhar e as velhas acendem, para nós, luzes nas cabanas. Mandam tocar por nós os sinos das igrejas. Os camponeses erguem-se de sobre os sulcos para espiar-nos. Os bichos também olham para nós e não fogem. E desde que estamos andando, o sol se tornou mais quente, e já não colhemos as mesmas flores. Mas todas as hastes podem trançar-se com a mesma forma, e nossas cruzes estão sempre viçosas. Assim temos grande esperança, e logo veremos o mar azul. E no fim do mar azul está Jerusalém. E o Senhor deixará vir até seu túmulo todas as criancinhas. E as vozes brancas estarão alegres na noite.

RELATO DE FRANÇOIS LONGUEJOUE, ESCREVENTE

Hoje, décimo-quinto dia do mês de setembro, do ano mil duzentos e doze subsequente à incarnação de Nosso Senhor, compareceram à oficina de meu mestre Hugues Ferré várias crianças querendo atravessar o mar para ir ver o Santo Sepulcro. E já que o citado Ferré não possui naves mercantes suficientes no porto de Marselha, ordenou-me que requeresse mestre Guillaume Porc, a fim de inteirar o número. Os mestres Hugues Ferré e Guillaume Porc transportarão as naves até a Terra Santa pelo amor de Nosso Senhor J.C. Estão atualmente espalhadas ao redor da cidade de Marselha mais de sete mil crianças, algumas das quais falam línguas bárbaras. E os senhores almotacéis, com razão temendo a escassez, reuniram-se na câmara municipal onde, após deliberar, mandaram chamar nossos ditos mestres a fim de exortá-los e suplicar que expedissem as naves com grande diligência. O mar não se encontra por ora muito favorável, por causa dos equinócios, mas há que considerar que tal afluência poderia ser perigosa para nossa boa cidade, tanto mais por essas crianças todas se encontrarem famintas em razão da distância da estrada e por não saberem o que fazem. Mandei convocar marinheiros no porto e equipar as naves. À hora das vésperas, poderão puxá-las para a água. A multidão das crianças não está na cidade, mas elas percorrem a praia juntando conchas como emblemas de viagem e, ao que dizem, se espantam com as estrelas do mar, achando que caíram vivas do céu a fim de lhes indicar a estrada do senhor. E sobre esse evento extraordinário, eis o que tenho a dizer: primeiramente, que seria desejável os mestres Hugues Ferré e Guillaume Porc conduzirem prontamente para fora de nossa cidade essa turbulência estrangeira; segundo, que o inverno foi bastante árduo, daí a terra estar pobre esse ano, como bem sabem os senhores comerciantes; terceiro, que a Igreja não foi absolutamente avisada do desígnio dessa horda que vem do norte, e que não se envolverá na loucura de um exército pueril (*turba infantium*). E convém louvar os mestres Hugues Ferré e Guillaume Porc, tanto pelo amor que nutrem por nossa boa cidade como por sua submissão a Nosso Senhor, enviando suas naves e comboiando-as nesse tempo de equinócio, e com grande risco de serem atacados pelos infiéis que pirateiam nosso mar em seus faluchos de Argel e Bejaia.

RELATO DO CALÂNDAR

Glória a Deus! Louvado seja o Profeta, que me permitiu ser pobre e errar pelas cidades invocando o Senhor! Três vezes abençoados sejam os santos companheiros de Mohammed que instituíram a ordem divina a que pertenço! Pois me assemelho a Ele quando foi enxotado a pedradas da cidade infame cujo nome não quero pronunciar, e refugiou-se num vinhedo onde um escravo cristão teve pena dele, e lhe ofereceu uvas, e foi tocado pelas palavras da fé no declínio do dia. Deus é grande! Atravessei as cidades de Mossul, e Bagdá, e Basra, e conheci Sala-ed-Din (Deus tenha sua alma) e o sultão Seïf-ed-Din, seu irmão, e contemplei o Comendador dos Crentes. Vivo muito bem do pouco de

A CRUZADA DAS CRIANÇAS

arroz que mendigo e da água que vertem em minha cabaça. Cultivo a pureza de meu corpo. Mas a pureza maior reside na alma. Está escrito que o Profeta, antes de sua missão, adormeceu profundamente no chão. E dois homens brancos desceram à direita e à esquerda de seu corpo e ali se quedaram. E o homem branco da esquerda fendeu-lhe o peito com uma faca de ouro, e dali tirou-lhe o coração, do qual espremeu o sangue negro. E o homem branco da direita fendeu-lhe o ventre com uma faca de ouro, e dali tirou as vísceras, que purificou. E repuseram as entranhas no lugar, e doravante o Profeta estava puro para anunciar a fé. Trata-se de uma pureza sobre-humana que pertence principalmente aos seres angélicos. As crianças, contudo, são puras também. Tal foi a pureza que a adivinha desejou engendrar quando percebeu o brilho em volta da cabeça do pai de Mohammed e tentou unir-se a ele. Mas o pai do Profeta uniu-se à sua mulher Aminah, e o brilho sumiu de sua fronte, e a adivinha assim conheceu que Aminah acabava de conceber um ser puro. Glória a Deus que purifica! Aqui, sob o pórtico deste bazar, posso descansar e saudarei os passantes. Há ricos mercadores de tecidos e joias que ficam de cócoras. Está ali um caftã que bem vale uns mil dinares. Eu, não preciso de dinheiro, e sou livre como um cão. Glória a Deus! Estou lembrando, agora que estou à sombra, do começo do meu discurso. Em primeiro lugar, falo de Deus, afora o qual não há Deus, e do nosso Santo Profeta, que revelou a fé, pois é a origem de todos os pensamentos, quer saiam pela boca, quer tenham sido traçados com o auxílio do cálamo. Em segundo lugar, considero a pureza com que Deus dotou os santos e anjos. Em terceiro lugar, reflito sobre a pureza das crianças. De fato, acabo de ver um grande número de crianças cristãs que foram compradas pelo Comendador dos Crentes. Eu as vi na estrada principal. Andavam como um rebanho de ovelhas. Dizem que vieram da terra do Egito, e que os navios dos francos as desembarcaram por lá. Satã as possuía e elas procuravam atravessar o mar para ir a Jerusalém. Glória a Deus. Não foi permitido que tamanha crueldade se cumprisse. Pois aquelas pobres crianças teriam morrido no caminho, não tendo auxílio, nem víveres. Elas são completamente inocentes. E ao vê-las atirei-me ao chão e bati com a fronte no chão, louvando o Senhor em voz alta. Eis agora como era a aparência das crianças. Estavam vestidas de branco, e usavam cruzes costuradas na roupa. Não afiguravam saber onde estavam, e não pareciam aflitas. Mantêm constantemente os olhos ao longe. Reparei numa delas que era cega e que uma menina segurava pela mão. Muitos têm cabelos ruivos e olhos verdes. São francos que pertencem ao imperador de Roma. Adoram erroneamente o profeta Jesus. O engano desses francos é manifesto. Para começar, está provado pelos livros e pelos milagres que não há palavra senão a de Maomé. Depois, Deus permite que diariamente o glorifiquemos e esmolemos nossa vida, e ordena a seus fiéis que protejam nossa ordem. Finalmente, negou clarividência àquelas crianças que partiram de um país distante, tentadas por Ibis, e não se manifestou para adverti-las. E se não tivessem afortunadamente caído nas mãos dos Crentes, teriam sido apanhadas pelos Adoradores do

A CRUZADA DAS CRIANÇAS

Fogo[5] e acorrentadas em porões profundos. E aqueles malditos teriam-nas ofertado em sacrifício ao seu devorador e detestável ídolo. Louvado seja nosso Deus que faz bem tudo aquilo que faz e protege até mesmo aqueles que não o confessam. Deus é grande! Irei agora pedir meu quinhão de arroz na loja daquele ourives e proclamar meu desprezo às riquezas. Se a Deus aprouver, todas as crianças serão salvas pela fé.

RELATO DA PEQUENA ALLYS

Já não consigo andar direito, porque estamos num país ardente, para onde dois homens maus de Marselha nos trouxeram. E antes, fomos chacoalhados no mar num dia negro, em meio aos fogos do céu. Mas meu pequeno Eustáquio não tinha susto, porque não enxergava nada e eu segurava-lhe ambas as mãos. Gosto muito dele, vim para cá por causa dele. Pois não sei para onde vamos. Faz tanto tempo que partimos. Os outros nos falavam na cidade de Jerusalém, que está no fim do mar, e de Nosso Senhor que estaria lá para nos receber. E Eustáquio conhecia bem Nosso Senhor Jesus, mas não sabia o que era Jerusalém, nem uma cidade, nem o mar. Ele fugiu para obedecer a vozes, ele as ouvia toda noite. Ele as ouvia à noite por causa do silêncio, já que não distingue a noite do dia. E ele me inquiria sobre aquelas vozes, mas eu não podia dizer nada. Não sei nada, e só lamento por causa de Eustáquio. Caminhávamos junto a Nicolas, e Alain, e Denis; mas eles subiram num outro navio, e nenhum navio estava mais lá quando o

[5]Adeptos do antigo zoroastrismo, religião persa.

sol reapareceu. Ai, que será feito deles? Vamos tornar a encontrá-los quando chegarmos junto de Nosso Senhor. Ainda está muito longe. Falam de um grande rei que nos mandou buscar, e mantém em seu poder a cidade de Jerusalém. Nesta terra tudo é branco, as casas e as roupas, e o rosto das mulheres é coberto por um véu. O pobre Eustáquio não pode ver esta brancura, mas falo nela, e ele se alegra. Pois diz que é o sinal do fim. O Senhor Jesus é branco. A pequena Allys está muito lassa, mas segura Eustáquio pela mão a fim de que ele não caia, e não tem tempo de pensar na própria fadiga. À noite descansaremos e Allys, como de costume, vai dormir junto de Eustáquio e, se as vozes não nos tiverem abandonado, tentará ouvi-las na noite clara. E vai segurar Eustáquio pela mão até o final branco da grande viagem, pois é preciso que ela lhe mostre o Senhor. E o Senhor seguramente terá compaixão da paciência de Eustáquio, e permitirá que Eustáquio o veja. E talvez então Eustáquio veja a pequena Allys.

RELATO DO PAPA GREGÓRIO IX

Eis o mar[6] devorador, que parece inocente e azul. Suaves são suas dobras e é orlado de branco, qual traje divino. É um céu líquido e seus astros estão vivos. Medito sobre ele, deste trono de rochas para onde mandei que me trouxessem de minha liteira. Ele realmente está no meio das terras da cristandade. Recebe a água sagrada em que o Anunciador lavou o pecado. Às suas margens

---

[6]*Mer*, em francês, é palavra feminina, e homófona de *mère* (mãe).

A CRUZADA DAS CRIANÇAS

inclinaram-se todas as santas figuras e ele abalançou suas imagens transparentes. Grande ungido misterioso, que não tem fluxo nem refluxo, acalantador de anil, inserido no anel terrestre qual joia fluida, interrogo-te com os olhos. Ó mar Mediterrâneo, devolve-me minhas crianças! Por que as tomaste?

Não cheguei a conhecê-las. Minha velhice não foi afagada por seu hálito fresco. Não vieram suplicar-me com suas ternas bocas entreabertas. Sozinhas, qual pequenos vagabundos, plenas de uma fé furiosa e cega, lançaram-se rumo à terra prometida e foram aniquiladas. Da Alemanha e de Flandres, e da França e da Saboia e da Lombardia, vieram para as tuas águas pérfidas, mar santo, zumbindo indistintas palavras de adoração. Foram até a cidade de Marselha; foram até a cidade de Gênova. E as carregaste em naves no teu largo dorso cristado de espuma; e te revolveste, e estendeste para elas teus braços glaucos, e ficaste com elas. E as outras, tu as traíste, levando-as para os infiéis; e agora suspiram nos palácios do Oriente, cativas dos adoradores de Maomé.

Um orgulhoso rei da Ásia, outrora, mandou-te vergastar e acorrentar.[7] Ó mar Mediterrâneo! Quem irá perdoar-te? És tristemente culpado. É a ti que acuso, somente a ti, falsamente límpido e claro, miragem ruim do céu; convoco-te à justiça perante o trono do Altíssimo, do qual derivam todas as coisas criadas. Mar consagrado, que fizeste com nossas crianças? Ergue para Ele teu rosto cerúleo; estende para Ele teus dedos estreme-

---

[7]Xerxes I, rei da Pérsia entre 486 e 465 a.C.

MARCEL SCHWOB

centes de bolhas; agita teu incontável riso purpúreo;
faze falar teu murmúrio e presta-Lhe contas.

Caladas todas as tuas bocas brancas que vêm expirar a meus pés na praia, não dizes nada. Há em meu palácio de Roma uma antiga cela desdourada, que a idade tornou cândida como alva. O pontífice Inocêncio costumava recolher-se ali. Afirmam que ele ali meditou longamente sobre as crianças e sua fé, e que pediu ao Senhor um sinal. Aqui, do alto desse trono de rochas, em meio ao ar livre, declaro que este pontífice Inocêncio possuía ele próprio uma fé de criança, e que meneou em vão seus cabelos cansados. Estou bem mais velho que Inocêncio; sou o mais velho de todos os vigários que o Senhor colocou cá embaixo, e só agora começo a entender. Deus não se manifesta. Acaso acudiu seu filho no Jardim das Oliveiras? Não o abandonou em sua angústia suprema? Oh, a loucura pueril de invocar seu auxílio! Todo mal e provação residem apenas em nós. Ele tem perfeita confiança na obra afeiçoada por suas mãos. E tu traíste sua confiança. Mar divino, não te espantes com minha linguagem. Todas as coisas são iguais perante o Senhor. A soberba razão dos homens, pelo padrão do infinito, não vale mais que o olhinho raiado de um dos teus animais. Deus concede igual quinhão ao grão de areia e ao imperador. O ouro amadurece na mina tão impecavelmente como o monge reflete no monastério. Todas as partes do mundo são identicamente culpadas quando não seguem as linhas da bondade; pois Dele procedem. A seus olhos não há pedras, plantas, animais, ou homens, mas criações. Vejo todas essas cabeças alvorejadas saltando por sobre tuas

A CRUZADA DAS CRIANÇAS

ondas e fundindo-se em tuas águas; surgem por um só segundo sob a luz do sol, e podem ser danadas ou eleitas. A extrema velhice instrui o orgulho e ilumina a religião. Sinto igual compaixão por essa conchinha de nácar e por mim mesmo.

Eis porque te acuso, mar devorador, que tragaste minhas criancinhas. Lembra do rei asiático por quem foste punido. Mas não se tratava de um rei centená- rio. Não suportara anos bastante. Não podia compre- ender as coisas do universo. Portanto, não te punirei. Pois meu lamento e teu murmúrio viriam morrer ao mesmo tempo aos pés do Altíssimo, como vem morrer aos meus pés o sussurro de tuas gotículas. Ó mar Medi- terrâneo! Eu te perdoo e te absolvo. Dou-te a mui santa absolvição. Vai e não tornes a pecar. Sou tão culpado quando tu de faltas que ignoro. Sem cessar te confessas na praia com teus mil lábios gementes, e eu me confesso a ti, grande mar sagrado, com meus lábios fenecidos. Confessamo-nos um ao outro. Absolve-me e eu te ab- solvo. Retornemos à ignorância e à candura. Assim seja.

Que farei eu sobre a terra? Haverá um monumento expiatório, um monumento pela fé que ignora. As eras vindouras devem conhecer nossa piedade e não deses- perar. Deus levou para si as criancinhas cruzadas, pelo santo pecado do mar; inocentes foram massacrados; os corpos dos inocentes encontrarão abrigo. Sete naves soçobraram no recife do Recluso; erguerei naquela ilha uma igreja dos Novos Inocentes e nela instituirei doze prebendados. E tu me devolverás os corpos de minhas crianças, mar inocente e consagrado; tu os trarás para

MARCEL SCHWOB

as praias da ilha; e os prebendados os depositarão das criptas do templo; e acenderão, acima deles, lamparinas eternas em que arderão santos óleos, e mostrarão aos viajantes pios todas as pequenas ossadas brancas estendidas na noite.

VIDAS IMAGINÁRIAS

PREFÁCIO

A ciência histórica nos deixa na incerteza acerca dos indivíduos. Revela-nos somente os pontos em que eles foram vinculados a ações universais. Ela nos ensina que Napoleão estava adoentado no dia de Waterloo, que a excessiva atividade intelectual de Newton deve ser atribuída à absoluta continência de seu temperamento, que Alexandre estava ébrio quando matou Klitos e que a fístula de Luís xiv pode ter motivado certas decisões suas. Pascal discorre sobre o nariz de Cleópatra, caso houvesse sido mais curto, ou sobre um grão de areia na uretra de Cromwell. Estes fatos individuais todos só têm valor porque modificaram os acontecimentos ou poderiam ter alterado sua sequência. São causas reais ou possíveis. Há que deixá-las para os eruditos.

A arte é contrária às ideias universais, descreve apenas o individual, deseja apenas o único. Não classifica; desclassifica. Pelo tanto que nos interessam, nossas ideias universais podem até ser similares àquelas vigentes no planeta Marte, e três linhas cruzadas formam um triângulo em qualquer ponto do universo. Agora, reparem na folha de uma árvore, com suas nervuras caprichosas, seus matizes variados pela sombra e pelo sol, o inchamento devido a uma gota d'água caída, a picada deixada por um inseto, o rastro prateado do pequeno caracol, a primeira douradura mortal que assinala o outono; procurem outra folha exatamente igual em todas as grandes florestas da terra: eu lhes lanço o desafio. Não existe uma ciência do tegumento de um folíolo, dos filamentos de uma célula, da curvatura de uma veia, da mania de um hábito, das arestas de um caráter. Que tal homem tivesse o nariz torto, um olho mais alto que o outro, a articulação do braço nodosa; que tivesse o hábito de comer a tal hora carne branca de frango, que preferisse o malvasia ao Château-Margaux, eis o que não tem paralelo no mundo. Assim como Sócrates, Tales poderia ter dito γνῶθι σεαυτόν,[1] mas não esfregaria a perna do mesmo jeito, na prisão, antes de tomar a cicuta. As ideias dos grandes homens são patrimônio comum da humanidade: cada um deles só possuiu de fato as próprias esquisitices. O livro que descrevesse um homem em todas as suas anomalias seria uma obra de arte, qual estampa japonesa em que se vê eternamente a imagem de uma pequena lagarta vislumbrada certa vez em determinada hora do dia.

As histórias se quedam caladas a respeito dessas coisas. Na fantástica coleção de materiais fornecida pelos testemunhos, poucas são as brechas singulares e inimitáveis. Os biógrafos antigos, sobretudo, são sovinas. Considerando tão somente a vida pública e a gramática, dos grandes homens nos transmitiram os discursos e títulos de seus livros. O próprio Aristófanes foi quem nos deu a alegria de descobrir que ele era calvo, e não fosse o nariz achatado de Sócrates ter servido para comparações literárias, não fosse seu hábito de andar descalço ter sido parte de seu sistema filosófico de desprezo pelo corpo, dele só conservaríamos os interrogatórios sobre a moral. Os mexericos de Suetônio não passam de polêmicas raivosas. O gênio bom de Plutarco fez dele, às vezes, um artista; mas não soube entender a essência de

---

[1]Em grego, *gnōthi seauton*, ou seja: "Conhece-te a ti mesmo".

sua arte, já que concebeu "paralelos" — como se dois homens adequadamente descritos nos seus mínimos detalhes pudessem se parecer! Vemos-nos reduzidos a consultar Atenaios, Aulo Gélio, os escoliastas e Diógenes Laércio, o qual acreditava ter escrito uma espécie de história da filosofia.

O sentimento do individual se desenvolveu com mais força nos tempos modernos. A obra de Boswell seria perfeita, não tivesse ele achado necessário citar a correspondência de Johnson e fazer digressões sobre seus livros. As *Vidas de homens eminentes* de Aubrey[2] são mais satisfatórias. Aubrey possuía, sem dúvida alguma, o instinto da biografia. É lamentável que o estilo deste excelente antiquário não estivesse à altura de sua concepção! Seu livro poderia ter sido a eterna recreação dos espíritos sensatos. Aubrey nunca julgou necessário estabelecer uma relação entre detalhes individuais e ideias universais. Bastava-lhe que outros tivessem indicado à celebridade os homens pelos quais se interessava. Ignoramos, no mais das vezes, se se trata de um matemático, de um homem de Estado, de um poeta ou de um relojoeiro. Mas cada um deles tem seu traço único a distingui-lo, para sempre, entre os homens.

O pintor Hokusai esperava alcançar, aos cento e dez anos, o ideal de sua arte. Neste momento, dizia, seriam vivos todo ponto, toda linha traçados por seu pincel. Por vivos, entenda-se individuais. Não há nada mais parecido do que pontos e linhas: a geometria se funda

---

[2]*Lives of Eminent Men*, de John Aubrey (1626–1697), arqueólogo, antiquário e escritor inglês, também autor de *Brief Lives*.

VIDAS IMAGINÁRIAS

sobre este postulado. A arte perfeita de Hokusai exigia que nada fosse mais distinto. Assim, o ideal do biógrafo seria diferenciar ao infinito o aspecto de dois filósofos que tivessem inventado mais ou menos a mesma metafísica. Eis por que Aubrey, que se atém exclusivamente aos homens, não alcança a perfeição, não tendo sabido efetuar a milagrosa mutação, almejada por Hokusai, da semelhança em diversidade. Mas Aubrey não chegou aos cento e dez anos. Merece, contudo, todo o respeito, e tinha consciência do alcance de seu livro. "Recordo", diz ele, em seu prefácio a Anthony Wood, "de um dito do general Lambert — *that the best of men are but men at the best* — de que irão encontrar diversos exemplos nesta tosca e apressada coletânea. De modo que esses arcanos só deverão ser trazidos à luz dentro de cerca de trinta anos. Convém, com efeito, que autor e personagens (tal como as nêsperas) já tenham apodrecido".

É possível descobrir nos antecessores de Aubrey alguns rudimentos de sua arte. Assim, conta Diógenes Laércio que Aristóteles andava com uma bolsa de couro cheia de óleo quente sobre o estômago, e que encontraram em sua casa, depois de sua morte, uma quantidade de vasos de barro. Nunca saberemos o que fazia Aristóteles com aquela cerâmica toda. E este mistério é tão prazeroso como as conjeturas em que nos deixa Boswell sobre o uso que Johnson fazia das cascas secas de laranja que costumava levar nos bolsos. Nesse ponto, Diógenes Laércio quase se alça ao sublime do inimitável Boswell. São estes, porém, raros prazeres. Ao passo que Aubrey os fornece a cada linha. Milton, diz ele, "pronunciava com aspereza a letra R". Spenser "era um homem baixo,

MARCEL SCHWOB

usava cabelos curtos, um estreito cabeção e punhos estreitos".

Barclay "vivia na Inglaterra em alguma época *tempore* R. Jacobi. Era então um homem idoso, de barba branca, e usava um chapéu com pluma, o que escandalizava certas pessoas severas". Erasmo "não gostava de peixe, embora nascido numa cidade peixeira". Quanto a Bacon, "nenhum de seus criados ousava se apresentar diante dele sem estar calçando botas de couro espanhol; pois ele imediatamente sentia o cheiro do couro de terneiro, que muito lhe desagradava". O doutor Fuller "tinha a cabeça tão imersa no trabalho que, ao passear e meditar antes do jantar, comia um pão de dois soldos sem perceber". Sobre William Davenant, faz a seguinte observação: "Estive no seu enterro; o caixão era de nogueira. O sr. John Denham garantiu que era o caixão mais bonito que já vira". Escreveu acerca de Ben Jonson: "Ouvi do sr. Lacy, o ator, que ele costumava usar um casaco igual ao de um cocheiro, com fendas sob as axilas". Eis o que o impressiona em William Prynne: "Sua maneira de trabalhar era a seguinte. Vestia um comprido gorro pespontado que lhe caía no mínimo duas, três polegadas sobre os olhos e lhe servia de abajur para protegê-los da luz, e a mais ou menos cada três horas seu criado tinha de lhe trazer pão e uma bilha de cerveja para revigorar-lhe o espírito; de modo que ele trabalhava, bebia e mascava seu pedaço de pão, entretendo-se assim até à noite, quando comia um bom jantar". Hobbes "foi se tornando muito calvo na velhice; dentro de casa, porém, costumava estudar com a cabeça descoberta, e afirmava nunca sentir frio, embora seu

VIDAS IMAGINÁRIAS

maior tormento fosse impedir que as moscas pousassem em sua calva". Ele nada nos diz sobre a Oceana de John Harrington, mas conta que o autor "A.D. 1660 foi mandado como prisioneiro à Torre, onde o mantiveram, e em seguida a Portsey Castle. Sua estada nessas prisões (sendo ele um cavalheiro de espírito elevado e cabeça quente) foi a causa procatártica de seu delírio ou loucura, a qual não foi furiosa — já que conversava de modo bastante razoável e era uma companhia bem agradável; mas acometeu-o a fantasia de que seu suor se transformava em moscas, às vezes em abelhas, *ad cetera sobrius*; e mandou construir uma casinha versátil de madeira no jardim do sr. Hart (defronte ao St. James's Park) para fazer a experiência. Voltava-a para o sol e sentava-se diante dela; depois mandava trazer suas caudas de raposa para espantar e massacrar todas as moscas e abelhas que nela se encontrassem; em seguida fechava os caixilhos. Ora, ele só realizava esta experiência na estação quente, de modo que algumas moscas se dissimulavam nas frestas e dobras dos drapejados. Ao cabo de um quarto de hora, talvez, o calor enxotava uma mosca, duas, ou mais para fora da toca. Ele então exclamava: "Não estão vendo que, claramente, elas saem de mim?".

Eis só o que ele nos conta sobre Meriton. "Seu verdadeiro nome era Head. O sr. Bovey o conhecia muito bem. Nascido em… Era livreiro na Little Britain.[3] Vivera entre os ciganos. Tinha um ar tratante com aqueles seus olhos debochados. Era capaz de se transmutar em

---

[3]Uma rua da City de Londres.

qualquer forma. Foi duas, três vezes à falência. Foi afinal livreiro, já próximo do fim. Ganhava a vida com seus rabiscos. Pagavam-lhe vinte shillings por folha. Escreveu vários livros: *The English Rogue, The Art of Wheadling* etc. Afogou-se quando ia a Plymouth por mar, em cerca de 1676, com aproximadamente 50 anos de idade."

Por fim, há que citar sua biografia de Descartes:

"Sr. Renatus Des Cartes

Nobilis Gallus, Perroni Dominus, summus Mathematicus et Philosophus, natus Turonum, pridie Calendas Aprile 1596. Denatus Holmioe, Calendis Februarii, 1650. (Deparo com esta inscrição sob seu retrato por C.V. Dalen.) Como ele ocupou o tempo na juventude e por que método tornou-se tão sábio, isso ele conta ao mundo em seu tratado intitulado *Do método*. A Sociedade de Jesus vangloria-se de que cabe a esta ordem a honra de sua educação. Viveu vários anos em Egmont (perto de Haia), de onde datou vários de seus livros. Era um homem demasiado sábio para se estorvar com uma mulher; mas, sendo homem, tinha desejos e apetites de homem; mantinha, então, uma bela mulher de boa condição, que ele amava e da qual teve alguns filhos (acho que dois ou três). Muito surpreendente seria se, oriundos de tal pai, não tivessem recebido uma bela educação. Era tão eminentemente sábio que todos os sábios iam visitá-lo e muitos lhe rogavam que mostrasse seus... instrumentos (naquela época a ciência matemática era fortemente ligada ao conhecimento dos instrumentos e, como dizia o sr. H.S., à prática dos tornos). Ele então puxava uma gavetinha embaixo da mesa e lhes mostrava

VIDAS IMAGINÁRIAS

um compasso com uma perna quebrada; e, como régua, usava uma folha de papel dobrada ao meio".

Está claro que Aubrey teve perfeita consciência de seu trabalho. Não pensem que ele desconheceu o valor das ideias filosóficas de Descartes ou Hobbes. Só não era isso que o interessava. Ele nos diz com muita propriedade que o próprio Descartes expôs seu método ao mundo. Não ignora que Harvey descobriu a circulação do sangue; mas prefere registrar que este grande homem passava suas insônias perambulando de camisão, tinha uma caligrafia ruim, e que os mais famosos médicos de Londres não dariam nem seis tostões por uma de suas receitas. Está convencido de que nos disse tudo sobre Francis Bacon ao explicar que este tinha olhos vivos e delicados, cor de avelã, iguais aos olhos da víbora. Não é, porém, tão grande artista quanto Holbein. Não sabe fixar um indivíduo para a eternidade através de seus traços particulares sobre um fundo de parecença com o ideal. Ele dá vida a um olho, ao nariz, à perna, aos muxoxos de seus modelos: não sabe animar a figura. O velho Hokusai percebia muito bem a necessidade de tornar individual aquilo que há de mais genérico. Aubrey não teve a mesma penetração. Se o livro de Boswell coubesse em dez páginas, seria a obra de arte esperada. O bom senso do doutor Johnson compõe-se dos mais banais lugares-comuns; expresso com essa estranha violência que Boswell soube retratar, possui uma qualidade única no mundo. Só que este pesado catálogo se parece com os próprios dicionários do doutor; seria possível dele tirar uma Scientia Johnsoniana, com índice. Boswell não teve a coragem estética de escolher.

A arte do biógrafo consiste justamente na escolha. Não lhe cabe a preocupação de ser verdadeiro; ele deve criar em meio a um caos de traços humanos. Diz Leibniz que, para fazer o mundo, Deus escolheu o melhor dentre os possíveis. O biógrafo, qual divindade inferior, sabe escolher entre os possíveis humanos aquele que é único. Não deve se enganar sobre a arte, como Deus não se enganou sobre a bondade. O instinto de ambos precisa ser infalível. Pacientes demiurgos reuniram para o biógrafo ideias, fatos, movimentos de fisionomias. Sua obra se encontra nas crônicas, nas memórias, nas correspondências e nos escólios. Em meio a esse grosseiro conjunto, o biógrafo seleciona o material para compor uma forma que não se pareça com nenhuma outra. Não precisa ser igual àquela criada outrora por um deus superior, desde que seja única, como toda criação.

Infelizmente, os biógrafos em geral julgaram ser historiadores. E nos privaram assim de retratos admiráveis. Presumiram que só a vida dos grandes homens nos poderia interessar. A arte é alheia a tais considerações. Aos olhos do pintor, o retrato, por Cranach, de um homem desconhecido, tem tanto valor quanto o retrato de Erasmo. Não é pelo nome de Erasmo que este quadro é inimitável. A arte do biógrafo seria dar igual valor à vida de um pobre ator e à vida de Shakespeare. Um baixo instinto é que nos leva a reparar com prazer no encurtamento do esternomastoide no busto de Alexandre, ou a mecha sobre a testa no retrato de Napoleão. Mais misterioso é o sorriso de Mona Lisa, de quem nada sabemos (pode ser o rosto de um homem). Uma careta desenhada por Hokusai nos leva a mais

VIDAS IMAGINÁRIAS

fundas meditações. Se fôssemos experimentar a arte em que exceleram Boswell e Aubrey, decerto não nos caberia descrever em minúcias o maior homem de seu tempo, nem registrar a característica dos mais célebres do passado, e sim, contar com igual cuidado as existências únicas dos homens, quer tenham sido divinos, medíocres ou criminosos.

EMPÉDOCLES (DEUS PRESUMIDO)

Ninguém sabe do seu nascimento nem como veio para a terra. Apareceu próximo às margens douradas do rio Acragas, na bela cidade de Agrigento, pouco depois do tempo em que Xerxes mandou açoitar o mar com correntes.[4] A tradição reporta apenas que seu avô se chamava Empédocles: ninguém o conheceu. Deve-se decerto deduzir daí que era filho de si mesmo, como convém a um Deus. Mas seus discípulos asseguram que antes de percorrer em sua glória os campos da Sicília, ele já passara quatro existências em nosso mundo, tendo sido planta, peixe, pássaro e donzela. Usava um manto de púrpura sobre o qual caíam seus longos cabelos; tinha na cabeça uma faixa dourada, nos pés, sandálias de bronze, e levava grinaldas trançadas de louro e lã.

Pela imposição das mãos curava os doentes e declamava versos, ao modo homérico, com inflexões pomposas, em pé sobre um carro e rosto voltado para o céu.

[4]Khshayarsha I (c. 519–465 a.C.), rei da Pérsia, conhecido pelos romanos como Xerxes. Certa vez, quando o mar destruiu uma ponte pela qual pretendia passar, mandou açoitá-lo e, com grossas correntes, prendeu várias embarcações e sobre elas passou com suas tropas.

O povo o seguia em multidão e se prosternava diante dele para escutar seus poemas. Sob o céu puro que alumia os trigais, de toda parte vinham os homens até Empédocles, os braços carregados de oferendas. Ele os mantinha boquiabertos cantando para eles a abóbada divina, feita de cristal, a massa de fogo que nomeamos sol, e o amor que, qual vasta esfera, tudo contém.

Todos os seres, dizia, são meros pedaços desconjuntados desta esfera de amor em que o ódio se insinuou. E o que chamamos de amor é o desejo de nos unir e nos fundir e confundir, tal como éramos outrora, no seio do deus globular que a discórdia veio romper. Ele invocava o dia em que a esfera divina se enfunaria, depois de todas as transformações das almas. Pois esse mundo que conhecemos é obra do ódio, e sua dissolução será obra do amor. Assim cantava ele pelas cidades e campos; e suas sandálias de bronze trazidas da Lacônia tilintavam em seus pés, e à sua frente soavam os címbalos. Entretanto jorrava, da goela do Etna, uma coluna de negra fumaça a lançar sua sombra sobre a Sicília.

Qual rei do céu, Empédocles andava envolto em púrpura e cingido de ouro, enquanto os pitagoristas se arrastavam em suas túnicas finas de linho, com calçados feitos de papiro. Diziam que ele sabia fazer sumir a remela, dissolver os tumores, e tirar as dores dos membros; rogavam-lhe que fizesse cessar chuvas e tormentas; ele conjurou as tempestades de um círculo de colinas; em Selinonta, expulsou a febre desaguando dois rios no leito de um terceiro; e os habitantes de Selinonta o adoraram e ergueram-lhe um templo, e cunharam

VIDAS IMAGINÁRIAS

medalhas em que sua imagem figurava face a face com a imagem de Apolo.

Outros afirmam que ele foi adivinho, instruído pelos mágicos da Pérsia, que dominava a necromancia e a ciência das ervas que enlouquecem. Certo dia em que ceava em casa de Anquitos, um homem furioso, gládio em riste, irrompeu sala adentro. Empédocles se levantou, estendeu os braços e cantou os versos de Homero sobre o nepentes que dá insensibilidade. E logo a força do nepentes tomou conta do furioso, e ele quedou-se parado, o gládio no ar, esquecido de tudo, como quem bebeu o doce veneno mesclado ao vinho espumante de uma cratera.[5]

Os doentes vinham até ele fora das cidades e o cercava uma multidão de miseráveis. Vieram mulheres se juntar ao seu séquito. Beijavam as bordas de seu manto precioso. Uma delas se chamava Panteia, filha de um nobre de Agrigento. Estava para ser consagrada a Ártemis, mas fugiu para longe da fria estátua da deusa e devotou sua virgindade a Empédocles. Não se viram as marcas de seu amor, pois Empédocles preservava uma insensibilidade divina. Não proferia palavras senão em métrica épica, e em dialeto da Jônia, embora o povo e seus fiéis só empregassem o dórico. Seus gestos todos eram sagrados. Quando se acercava dos homens, era para abençoá-los ou curá-los. A maior parte do tempo, permanecia em silêncio. Nenhum dos que o seguiam ja-

[5]Espécie de jarro, em forma de ânfora, usado pelos gregos para servir água e vinho.

MARCEL SCHWOB

mais conseguiu surpreendê-lo em seu sono. Só o viram majestoso.

Panteia se vestia de ouro e de lã fina. Seus cabelos eram arrumados à rica moda de Agrigento, onde a vida transcorria mansamente. Tinha os seios sustentados por um *strophium* vermelho, e era perfumada a sola de suas sandálias. No mais, era bela e esguia de corpo, e de cor mui desejável. Não há como afirmar que Empédocles a amava, mas ele sentiu pena dela. Com efeito, o vento vindo da Ásia engendrou a peste nos campos sicilianos. Muitos homens foram tocados pelos dedos negros do flagelo. Até os cadáveres dos bichos juncavam a orla dos prados, e avistavam-se aqui e ali ovelhas despeladas, mortas, com a goela aberta para o céu, as costelas salientes. E Panteia foi ficando lânguida por causa da doença. Caiu aos pés de Empédocles e já não respirava. Os que a cercavam soergueram seus membros enrijados e os banharam com vinhos e aromas. Desataram o *strophium* vermelho que prendia seus seios jovens, e enrolaram-na em tiras. E sua boca entreaberta foi firmada com uma atadura e seus olhos cavos já não miravam a luz.

Empédocles olhou para ela, soltou o diadema de ouro que lhe cingia a fronte, e o impôs sobre ela. Depositou sobre seus seios a grinalda de louro profético, cantou versos desconhecidos sobre a migração das almas, e por três vezes ordenou-lhe que se levantasse e andasse. A multidão estava tomada de terror. Ao terceiro chamado, Panteia emergiu do reino das sombras, e seu corpo se animou e se pôs de pé, todo enrolado nas faixas funerárias. E o povo viu que Empédocles era um evocador dos mortos.

VIDAS IMAGINÁRIAS

Pisianato, pai de Panteia, veio adorar o novo deus. Estenderam-se mesas sob as árvores de seus campos, para lhe oferecer libações. Ao lado de Empédocles, escravos seguravam grandes tochas. Os arautos proclamaram, tal como nos mistérios, o silêncio solene. Súbito, durante a terceira vigília, apagaram-se as tochas e a noite envolveu os adoradores. Ouviu-se uma voz forte que chamou: "Empédocles!". Quando fez-se a luz, Empédocles havia sumido. Os homens não tornaram a vê-lo.

Um escravo apavorado contou que vira um risco vermelho sulcando as trevas para os lados do cume do Etna. Os fiéis galgaram as encostas estéreis da montanha ao morno clarão da aurora. A cratera do vulcão vomitava um feixe de chamas. Encontraram, na borda porosa de lava que circunda o abismo ardente, uma sandália de bronze lavrada pelo fogo.

ERÓSTRATO INCENDIÁRIO

A cidade de Éfeso, onde nasceu Heróstrato, se espraiava pela embocadura do Caistro, com seus dois portos fluviais, até os cais de Panorma de onde se avistava, sobre o mar de cor profunda, a linha brumosa de Samos. Era rica em ouro e tecidos, rosas e lãs, desde que os magnesianos, com seus cães de guerra e seus escravos lançadores de dardos, tinham sido vencidos às margens do Meandro, desde que a magnífica Mileto fora arruinada pelos persas. Era uma cidade indolente, em que as cortesãs eram festejadas no templo de Afrodite Hetaira.

MARCEL SCHWOB

Os efésios usavam túnicas amorginas,[6] transparentes, vestes cor de violeta, de púrpura e de açafrão de linho fiado na roca, sarapides cor de maçã amarela e brancas e rosas, tecidos do Egito da cor do jacinto, com os fulgores do fogo e os matizes moventes do mar, e calasiris[7] da Pérsia, de um pano denso, leve, salpicado, sobre fundo escarlate, de grãos de ouro apurado no crisol.

Entre o Monte Prion e uma alta falésia escarpada, avistava-se, à beira do Caistro, o grande templo de Ártemis. Levara cento e vinte anos para ser construído. Rígidas pinturas ornavam as câmaras interiores, cujo teto era de ébano e cipreste. As pesadas colunas que o sustinham tinham sido besuntadas com mínio. O salão da deusa era pequeno e oval. No meio, erguia-se uma prodigiosa pedra negra, cônica e reluzente, marcada de douraduras lunares, que não era senão Ártemis. Também o altar triangular era talhado em pedra negra. Outras mesas, feitas de lajes negras, continham furos regulares por onde escorria o sangue das vítimas. Nas paredes pendiam largas lâminas de aço, encabadas de ouro, que serviam para cortar gargantas, e o piso polido estava juncado de tiras ensanguentadas. A grande pedra escura tinha duas mamas duras e pontudas. Assim era a Ártemis de Éfeso. Sua divindade se perdia na noite das tumbas egípcias, e tinha de ser adorada de acordo com os ritos persas. Possuía um tesouro encerrado numa

---

[6]Túnicas confeccionadas na ilha de Amorgos, no Mar Egeu, muito transparentes e de cor sempre vermelha.

[7]Heródoto, em sua *História* (II, LXXXI), descreve o calasiris como sendo uma "veste de linho com franjas em torno das pernas" usada pelos egípcios.

VIDAS IMAGINÁRIAS

espécie de colmeia pintada de verde, cuja porta piramidal era guarnecida com pregos de bronze. Ali, em meio
aos anéis, às grandes moedas e aos rubis, jazia o manuscrito de Heráclito, que proclamara o reinado do fogo.
O próprio filósofo o depositara na base da pirâmide,
enquanto a construíam.

A mãe de Heróstrato era violenta e orgulhosa.
Nunca se soube quem era seu pai. Heróstrato, mais
tarde, declarou ser filho do fogo. Seu corpo tinha a
marca, sob o mamilo esquerdo, de uma meia-lua que
pareceu se inflamar quando o torturaram. As mulheres
que ajudaram em seu parto anunciaram que ele era consagrado a Ártemis. Foi colérico e permaneceu virgem.
Tinha o rosto corroído por linhas escuras e o tom de
sua pele puxava para o preto. Desde criança, gostava
de ficar sob a alta falésia, perto do Artemision. Olhava
passarem as procissões de oferendas. Por ser ignorada
a sua raça, não pôde tornar-se sacerdote da deusa à
qual se julgava votado. O colégio sacerdotal teve de lhe
proibir várias vezes a entrada no *naos*,[8] onde ele contava
erguer o tecido precioso e pesado que velava Ártemis.
Concebeu ódio por isso e jurou violar o segredo.

O nome Heróstrato era, a seu ver, a nenhum outro
igualável, e sua própria pessoa lhe parecia superior à humanidade inteira. Desejava a glória. De início se aliou
aos filósofos que ensinavam a doutrina de Heráclito:
eles, porém, desconheciam sua parte secreta, pois que
estava encerrada na pequena cela piramidal do tesouro
de Ártemis. Heróstrato só conjecturou sobre a opinião

---

[8]Espaço do templo reservado à estátua da divindade.

do mestre. Endureceu-se no desprezo pelas riquezas que o cercavam. Era extrema a sua repulsa pelo amor das cortesãs. Julgavam que ele reservava sua virgindade para a deusa. Mas Ártemis não teve pena dele. Parecia perigoso ao Conselho da Gerúsia,[9] que vigiava o templo. O sátrapa[10] permitiu que o exilassem nos subúrbios. Viveu na encosta do Koressos, num subterrâneo escavado pelos antigos. Dali espreitava, à noite, as lâmpadas sagradas do Artemision. Há quem suponha que persas iniciados vieram entreter-se com ele. É mais provável, porém, que seu destino lhe tenha sido revelado de repente.

Ele de fato confessou, durante a tortura, que compreendera subitamente o sentido da expressão de Heráclito, *o caminho do alto*, e por que ensinava o filósofo que a melhor alma é aquela mais seca e mais inflamada. Assegurou que sua alma era, neste sentido, a mais perfeita, e que quisera proclamá-lo. Não deu outro motivo para o seu gesto além da paixão pela glória e da alegria de ouvir pronunciarem o seu nome. Disse que só seu reino teria sido absoluto, já que não tinha pai conhecido e que Heróstrato seria coroado por Heróstrato, que era filho de sua obra, e que sua obra era a essência do mundo: que assim teria sido, a um só tempo, rei, filósofo e deus, único entre os homens.

No ano de 356, na noite de 21 de julho, não tendo a lua subido ao céu e tendo o desejo de Heróstrato adquirido inusitada força, resolveu ele violar a câmara

---

[9]Conselho de anciãos, um dos órgãos de governo de Esparta.
[10]Governador de província na Pérsia antiga.

secreta de Ártemis. Esgueirou-se então pela sinuosidade da montanha até a margem do Caistro e galgou os degraus do templo. Os guardas dos sacerdotes dormiam junto às santas lâmpadas. Heróstrato pegou uma delas e penetrou no *naos*.

Um forte cheiro de óleo de nardo se exalava. As negras arestas do teto de ébano resplandeciam. O oval da câmara era dividido pela cortina tecida em fios de ouro e púrpura que ocultava a deusa. Heróstrato arrancou-a, ofegando de volúpia. Sua lâmpada alumiou o terrível cone com mamilos eretos. Heróstrato agarrou-os com ambas as mãos e beijou com avidez a pedra divina. Depois deu-lhe a volta, e avistou a pirâmide verde onde se achava o tesouro. Segurou os pregos de bronze da portinhola e descerrou-a. Mergulhou os dedos nas joias virgens. Mas pegou apenas o rolo de papiro em que Heráclito inscrevera seus versos. Ao clarão da lâmpada sagrada, leu-os, e tudo conheceu.

De chofre, exclamou: "Fogo, fogo!".

Puxou a cortina de Ártemis e aproximou a mecha acesa da barra inferior. O pano, de início, ardeu devagar; depois, devido aos vapores do óleo perfumado que o impregnava, a chama ergueu-se, azulada, para os lambris de ébano. O terrível cone refletiu o incêndio.

O fogo enrolou-se nos capitéis das colunas, rastejou pelas abóbadas. As placas de ouro votadas à poderosa Ártemis caíram, uma por uma, das suspensões para as lajes num estardalhaço metálico. Então, o feixe fulgurante rebentou no telhado e iluminou a falésia. As telhas de bronze ruíram. Heróstrato erguia-se em meio ao clarão, clamando seu nome noite adentro.

O Artemision inteiro virou um amontoado vermelho no centro das trevas. Os guardas agarraram o cri-
minoso. Amordaçaram-no para que parasse de gritar
o próprio nome. Foi jogado nos porões, amarrado, durante o incêndio.

Artaxerxes despachou, no ato, ordem para torturá-
lo. Ele só aceitou confessar o já mencionado. As doze
cidades da Jônia proibiram, sob pena de morte, que se
revelasse o nome de Heróstrato às idades por vir. Os
rumores, porém, fizeram-no chegar até nós. Na mesma
noite em que Heróstrato incendiava o templo de Éfeso,
nascia Alexandre, rei da Macedônia.

CRATES CÍNICO

Nasceu em Tebas, foi discípulo de Diógenes e também conheceu Alexandre. Seu pai, Ascondas, era rico
e deixou-lhe duzentos talentos. Certo dia, ao assistir
uma tragédia de Eurípedes, sentiu-se inspirado com a
aparição de Télefo, rei da Mísia, vestindo molambos
de mendigo e levando uma cesta na mão. Levantou-se
no teatro e anunciou com voz forte que distribuiria a
quem quisesse os duzentos talentos de sua herança, e
que doravante lhe bastariam as roupas de Télefo. Os
tebanos puseram-se a rir e se amontoaram em frente à
sua casa; ele, contudo, ria mais do que eles. Jogou-lhes
seu dinheiro e seus móveis pelas janelas, apanhou um
manto de linho e um alforje, e então se foi.

Chegando em Atenas, perambulou pelas ruas e des-
cansou recostado nas muralhas, em meio aos excrementos. Pôs em prática tudo aquilo que Diógenes lhe acon-

VIDAS IMAGINÁRIAS

selhava. O barril lhe pareceu supérfluo.[11] Na opinião de Crates, o homem não era nenhum caracol, nem um bernardo-eremita. Vivia inteiramente nu em meio ao lixo, e juntava cascas de pão, azeitonas podres e espinhas de peixe seco para encher seu alforje. Dizia ele que o alforje era uma cidade ampla e opulenta onde não se via parasitas ou cortesãs, e que produzia o suficiente em tomilho, alho, figos e pão para o seu rei. Assim, Crates levava sua pátria nas costas e dela se alimentava.

Não se envolvia nos assuntos públicos, nem sequer para escarnecer, e não procurava insultar os reis. Não aprovava aquele dito de Diógenes que, certo dia, depois de exclamar: "Homens, aproximem-se!", bateu com o bordão naqueles que vieram, dizendo: "Eu chamei homens, não excrementos". Crates foi brando com os homens. Não fazia caso de nada. As chagas lhe eram familiares. Seu grande pesar era não ter um corpo flexível o bastante para poder lambê-las, como fazem os cães. Também deplorava a necessidade de consumir alimentos sólidos e beber água. Achava que o homem deveria bastar-se a si mesmo, sem qualquer auxílio externo. Pelo menos não buscava água para se lavar. Contentava-se em esfregar o corpo nas muralhas quando a sujeira o perturbava, tendo observado que assim faziam os asnos. Raramente falava nos deuses, e não se preocupava com eles: pouco se lhe dava que houvesse deuses ou não, e sabia que não podiam fazer nada por ele. Acusava-os,

[11]Conta-se que Diógenes, filósofo grego do século III a.C. que fizera voto de pobreza, dormia num barril. O barril, porém, é uma invenção gaulesa, e o mais certo é Diógenes ter usado um vasilhame de barro para abrigar seu sono das intempéries.

aliás, de terem propositalmente tornado os homens infelizes, ao voltarem o rosto deles para o céu e privando-os da faculdade que tem a maioria dos animais, que andam de quatro. Já que os deuses decretaram que é preciso comer para viver, pensava Crates, deveriam voltar o rosto dos homens para a terra, onde crescem as raízes: não temos como nos saciar de ar ou de estrelas.

A vida não lhe foi generosa. Contraiu remela, de tanto expor os olhos à acre poeira do Ático. Uma doença de pele desconhecida cobriu-o de tumores. Coçou-se com as unhas que nunca aparava e reparou que tirava daí um benefício dobrado, desgastando-as e, ao mesmo tempo, sentindo alívio. Seus longos cabelos ficaram como um feltro espesso, e ele os dispôs no topo da cabeça para proteger-se da chuva e do sol.

Quando Alexandre veio ter com ele, não dirigiulhe palavras mordazes, considerando-o entre os demais espectadores sem fazer distinção entre o rei e a multidão. Crates não nutria nenhuma opinião sobre os poderosos. Importavam-lhe tão pouco como lhe importavam os deuses. Somente com os homens se ocupava, e com a maneira de passar a existência com a maior simplicidade possível. As objurgações de Diógenes o faziam rir, assim como sua pretensão de reformar os costumes. Crates julgava-se infinitamente acima de cuidados tão vulgares. Modificando a máxima inscrita no frontão do templo de Delfos, dizia: "Vive a ti mesmo". A ideia de qualquer conhecimento parecia-lhe absurda. Estudava somente as relações de seu corpo com o que lhe era necessário, tratando de reduzi-las tanto quanto possível. Diógenes mordia como os cães, mas Crates vivia como os cães.

VIDAS IMAGINÁRIAS

Teve um discípulo cujo nome era Metrocles. Era um jovem rico de Maroneia. Sua irmã, Hipárquia, bela e nobre, enamorou-se de Crates. Consta que foi apaixonada por ele e foi ao seu encontro. O fato parece impossível, mas é certo. Nada a dissuadiu, nem a sujeira do cínico, nem sua pobreza absoluta, nem o horror de sua vida pública. Ele alertou-a de que vivia à maneira dos cães, pelas ruas, e catava ossos nos montes de lixo. Preveniu-a de que nada em sua vida em comum seria ocultado e que a possuiria publicamente, quando lhe desse vontade, como fazem os cães com as cadelas. Hipárquia imaginava tudo isso. Seus pais tentaram detê-la: ela ameaçou se matar. Eles tiveram pena. Ela então deixou o burgo de Maroneia, toda nua, cabelos soltos, coberta tão somente por um pano velho, e viveu com Crates, vestida de igual maneira. Dizem que ele dela teve um filho, Pasicles; mas não há nada certo a esse respeito.

Esta Hipárquia foi, ao que dizem, boa para com os pobres, e compadecida; afagava os doentes com as mãos; lambia sem repulsa alguma as feridas sangrentas dos que sofriam, persuadida de que eram para ela o que as ovelhas são para as ovelhas, o que os cães são para os cães. Se fazia frio, Crates e Hipárquia dormiam bem junto dos pobres, e tratavam de lhes comunicar o calor de seus corpos. Prestavam-lhes o auxílio silente que os animais prestam uns aos outros. Não tinham qualquer preferência por ninguém que deles se acercasse. Bastava-lhes que fossem homens.

Eis tudo o que chegou até nós acerca da mulher de Crates; não sabemos quando, nem como morreu. Seu irmão Metrocles admirava Crates e o imitou. Mais não tinha tranquilidade. Sua saúde era perturbada por contínuas flatulências que ele não conseguia conter. Entrou em desespero e resolveu morrer. Crates soube de seu tormento, e quis consolá-lo. Comeu uma medida de tremoços e foi se encontrar com Metrocles. Perguntou-lhe se era a vergonha de sua enfermidade que o afligia a tal ponto. Metrocles confessou que não podia suportar esta desgraça. Então Crates, todo inchado de tremoços, soltou gases na presença de seu discípulo, e afirmou-lhe que a natureza submetia todos os homens ao mesmo mal. Censurou-o então por ter tido vergonha dos outros e lhe ofereceu seu próprio exemplo. Então soltou mais uns gases, tomou Metrocles pela mão e o levou consigo.

Viveram assim juntos os dois por muito tempo nas ruas de Atenas, sem dúvida, com Hipárquia. Falavam-se muito pouco. Não tinham vergonha de nada. Embora remexessem nos mesmos montes de lixo, os cães pareciam respeitá-los. Cabe imaginar que, tivessem sido premidos pela fome, teriam brigado a dentadas. Os biógrafos, porém, não relataram nada do gênero. Sabemos que Crates morreu velho; que por fim foi ficando sempre no mesmo lugar, deitado no alpendre de um armazém de Pireu em que os marinheiros guardavam as cargas do porto; que parou de perambular em busca de carne para roer, não quis nem mais estender o braço, e que foi encontrado, certo dia, ressecado pela fome.

SEPTIMA ENCANTATRIZ

Septima foi escrava debaixo do sol africano, na cidade de Adrumeto. E sua mãe, Amoena, foi escrava, e a

VIDAS IMAGINÁRIAS

mãe dela foi escrava, e todas foram belas e obscuras, e os deuses infernais lhes revelaram os filtros de amor e de morte. A cidade de Adrumeto era branca e as pedras da casa em que Septima vivia eram de um rosa trêmulo. E a areia da praia era juncada de conchas roladas pelo mar morno desde a terra do Egito, ali onde as sete bocas do Nilo vertem sete vasos de cores variadas. Na casa litorânea em que Septima vivia, ouvia-se morrer a ondulação prateada do Mediterrâneo e, a seus pés, um leque de linhas azuis reluzentes se desdobrava até rente ao céu. As palmas das mãos de Septima eram avermelhadas de ouro, e a extremidade de seus dedos era maquiada; seus lábios cheiravam a mirra e suas pálpebras untadas estremeciam suavemente. Assim andava ela pela estrada dos subúrbios, levando à casa dos servos uma cesta de pães macios.

Septima enamorou-se de um jovem livre, Sextílio, filho de Dionísia. Mas não é permitido serem amadas aquelas que conhecem os mistérios subterrâneos: pois são submetidas ao adversário do amor, que se chama Anteros. E assim como Eros dirige o brilho dos olhos e afia a ponta das flechas, Anteros desvia os olhares e atenua a agrura das setas. É um deus benfazejo que reside entre os mortos. Não é cruel, como o outro. Possui o nepentes que traz o esquecimento. E, sabendo que o amor é a pior das dores terrestres, odeia e cura o amor. É impotente, contudo, para expulsar Eros de um coração ocupado. Toma, então, o outro coração. Assim luta Anteros contra Eros. Eis por que Sextílio não pôde amar Septima. Tão logo Eros levou sua tocha ao seio da iniciada, Anteros, irritado, apoderou-se daquele que ela queria amar.

Septima conheceu o poder de Anteros nos olhos abaixados de Sextílio. E quando o tremor purpúreo se apossou do ar da noite, ela saiu pelo caminho que vai de Adrumeto até o mar. É um caminho sossegado em que os namorados tomam vinho de tâmara, recostados nas muralhas polidas dos túmulos. A brisa oriental sopra seu aroma sobre a necrópole. A jovem lua, velada ainda, ali vem vagar, incerta. Muitos mortos embalsamados se quedam ao redor de Adrumeto em suas sepulturas. E ali dormia Foinissa, irmã de Septima, escrava como ela, que morrera aos dezesseis anos antes que homem algum tivesse inspirado seu cheiro. A tumba de Foinissa era estreita como seu corpo. A pedra abraçava seus seios cingidos com tiras. Bem junto de sua fronte baixa uma comprida laje detinha seu olhar vazio. Seus lábios enegrecidos ainda exalavam o vapor dos aromas com que a tinham embebido. Em sua mão recatada brilhava um anel de ouro verde incrustado com dois rubis turvos e pálidos. Meditava eternamente, em seu sonho estéril, sobre as coisas que não conhecera.

Sob a virgem alvura da lua nova, Septima deitou-se junto à tumba estreita da irmã, sobre a terra boa. Chorou e esfregou o rosto na grinalda esculpida. E aproximou a boca do conduto pelo qual se vertem as libações, e sua paixão se exalou:

— Ó minha irmã — disse ela —, sai do teu sono para me escutar. A lamparina que aclara as primeiras horas dos mortos se extinguiu. Deixaste escapar de tuas mãos a ampola colorida de vidro que te havíamos dado.

VIDAS IMAGINÁRIAS

O fio do teu colar se rompeu e os grãos dourados se espalharam em volta do teu pescoço. Mais nada do que é nosso é teu e aquele que tem um gavião na cabeça[12] agora te possui. Escuta-me, pois tens o poder de levar minhas palavras. Vai até a cela, sabes qual, e roga a Anteros. Roga à deusa Hathor.[13] Roga àquele cujo cadáver decepado o mar levou até Biblos dentro de um baú.[14] Tem pena, minha irmã, de uma dor desconhecida. Pelas sete estrelas dos magos da Caldeia, eu te conjuro. Pelos poderes infernais que se invocam em Cartago, Iaô, Abriaô, Salbaal, Bathbaal, recebe minha encantação. Faze com que Sextílio, filho de Dionísia, se consuma de amor por mim, Septima, filha de nossa mãe Amoena. Que ele arda na noite; que me procure junto à tua tumba, ó Foinissa! Ou então, poderosa, leva-nos aos dois para a morada das trevas. Roga a Anteros que resfrie nosso sopro, já que ele proíbe a Eros de acendê-lo. Perfumada morta, acolhe a libação de minha voz. *Achrammachalala!*

A virgem envolta em faixas soergueu-se em seguida e penetrou dentro da terra, dentes à mostra.

E Septima, envergonhada, correu por entre os sarcófagos. Até a segunda vigília, permaneceu na companhia dos mortos. Espreitou a lua fugidia. Ofereceu o colo à mordida salgada do vento marinho. Acariciaram-na as primeiras douraduras do dia. Depois voltou para Adrumeto, e sua longa camisola azul flutuava atrás dela.

---

[12]Referência a Seker, deus egípcio da luz e protetor dos mortos.

[13]Deusa egípcia das mulheres, do amor e da alegria.

[14]Referência à história de Osíris, deus egípcio da vegetação e da vida além-morte.

Entretanto, Foinissa, tesa, vagava nos circuitos infernais. E aquele que tem um gavião na cabeça não acolheu seu lamento. E a deusa Hathor permaneceu deitada em sua peanha pintada. E Foinissa não pôde encontrar Anteros, pois não conhecia o desejo. Em seu coração fenecido, porém, sentiu a piedade que os mortos têm pelos vivos. Então, na segunda noite, na hora em que os cadáveres se soltam para cumprir as encantações, ela moveu seus pés atados pelas ruas de Adrumeto.

Sextílio estremecia ritmicamente com os suspiros do sono, o rosto voltado para o teto de seu quarto, sulcado de losangos. E Foinissa, morta, envolta em faixas fragrantes, sentou-se junto dele. E ela não tinha cérebro nem vísceras; mas seu coração ressecado fora recolocado em seu peito. E nesse momento Eros lutou contra Anteros, e se apoderou do coração embalsamado de Foinissa. Ela imediatamente desejou o corpo de Sextílio, que ele estivesse deitado entre ela e sua irmã Septima na casa tenebrosa.

Foinissa pôs os lábios pintados sobre a boca viva de Sextílio, e a vida se esvaiu dele como bolha. Ela em seguida foi até a cela de escrava de Septima, e tomou-a pela mão. E Septima, adormecida, cedeu à mão da irmã. E o beijo de Foinissa e o abraço de Foinissa fizeram morrer, quase à mesma hora da noite, Septima e Sextílio. Tal foi o fúnebre desfecho da luta entre Eros e Anteros; e os poderes infernais acolheram, ao mesmo tempo, uma escrava e um homem livre.

Sextílio jaz na necrópole de Adrumeto, entre Septima, a encantadora, e Foinissa, sua irmã virgem. O texto da encantação está inscrito na placa de chumbo,

LUCRÉCIO POETA

Lucrécio surgiu numa grande família que havia se retirado para longe da vida civil. Seus primeiros dias receberam a sombra do pórtico preto de uma casa alta erguida na montanha. O átrio era severo, e os escravos, silentes. Foi rodeado, desde a infância, de desprezo pela política e pelos homens. O nobre Memio, que tinha a sua idade, sujeitou-se, na floresta, aos jogos que Lucrécio lhe impôs. Juntos se surpreenderam com as rugas das velhas árvores e espreitaram o estremecer das folhas ao sol, como um véu víride de luz juncado de manchas douradas. Observaram seguidamente os lombos raiados dos leitões selvagens que farejavam o solo. Atravessaram jorros frementes de abelhas e bandos moventes de formigas em marcha. E chegaram um dia, ao desembocar de uma mata, numa clareira cercada de antigos sobreiros, tão estreitamente assentados que seu círculo escavava no céu um poço de azul. O repouso daquele refúgio era infinito. Tinha-se a impressão de estar numa ampla estrada clara seguindo para o alto do ar divino. Lucrécio ali foi tocado pela benção dos espaços calmos.

Com Memio, deixou o templo sereno da mata e foi para Roma estudar eloquência. O antigo fidalgo que governava a casa alta lhe deu um professor grego e ordenou-lhe que só voltasse depois de dominar a arte de desprezar as ações humanas. Lucrécio não tornou

MARCEL SCHWOB

a vê-lo. Morreu solitário, execrando o tumulto da sociedade. Ao regressar, Lucrécio trouxe para a casa alta vazia, para o átrio severo e os escravos silentes, uma mulher africana, bela, bárbara e perversa. Memio retornara para a casa de seus pais. Lucrécio vira as facções sangrentas, as guerras partidárias e a corrupção política. Estava apaixonado.

E de início sua vida foi encantada. Nas tapeçarias das muralhas, a mulher africana apoiava o volume cacheado de sua cabeleira. Seu corpo todo esposava com vagar os leitos de repouso. Ela cingia as crateras cheias de vinho espumante com seus braços carregados de esmeraldas translúcidas. Tinha um estranho jeito de levantar um dedo e balançar a fronte. Seus sorrisos vinham de uma fonte funda e sombria como os rios da África. Ao invés de fiar a lã, esmiuçava-a pacientemente em flocos pequenos que esvoaçavam à sua volta.

Lucrécio desejava ardentemente fundir-se àquele belo corpo. Abraçava seus seios metálicos e prendia a boca em seus lábios de um roxo escuro. As palavras de amor passaram de um para o outro, foram suspiradas, fizeram-nos rir, e se gastaram. Eles tocaram o véu opaco e flexível que separa os amantes. A volúpia ganhou fúria e desejou mudar de pessoa. Chegou ao ponto de agudez extrema em que se espalha ao redor da carne sem penetrar nas entranhas. A africana se retraiu em seu coração estrangeiro. Lucrécio desesperou-se por não poder realizar o amor. A mulher tornou-se altiva, triste e silenciosa, igual ao átrio e aos escravos. Lucrécio vagou pela sala dos livros.

VIDAS IMAGINÁRIAS

Foi então que ele abriu o rolo em que um escriba havia copiado o tratado de Epicuro.

Compreendeu de imediato a variedade das coisas deste mundo, e o quanto é vão se esforçar rumo às ideias. O universo pareceu se assemelhar aos floquinhos de lã que os dedos da africana espalhavam pelas salas. Os cachos de abelhas e as colunas de formigas e o tecido movente das folhas passavam a ser agrupamentos de agrupamentos de átomos. E em seu corpo inteiro sentiu um povo invisível e discorde, ávido por separar-se. E os olhares pareciam raios mais sutilmente carnudos, e a imagem da bela bárbara, um mosaico colorido e harmonioso, e ele percebeu que era triste e vão o fim do movimento desta infinidade toda. Contemplou, igual às facções sangrentas de Roma com suas tropas de clientes armados e insultuosos, o remoinho de tropas de átomos tintos com o mesmo sangue e disputando entre si obscura supremacia. E viu que a dissolução da morte não era senão a alforria desta turba turbulenta disparando rumo a mil outros movimentos vãos.

Ora, tão logo se instruiu assim por meio do rolo de papiro, em que se entreteciam as palavras gregas com os átomos do mundo, Lucrécio saiu para a floresta transpondo o pórtico preto da casa alta dos ancestrais. E avistou o lombo dos leitões raiados, que continuavam com o focinho apontado para o chão. Depois, atravessou o mato e se viu de súbito no meio do templo sereno da floresta, e seus olhos mergulharam no poço azul do céu. Foi ali que ele colocou seu repouso.

Dali contemplou a imensidão fervilhante do universo; todas as pedras, plantas, árvores, animais, todos os homens, com suas cores, paixões, instrumentos, e a história daquelas coisas diversas, e seu nascimento, e suas doenças, e sua morte. E em meio à morte total e necessária, ele vislumbrou claramente a morte única da africana, e chorou.

Sabia que o choro tem origem num movimento específico das pequenas glândulas que ficam sob as pálpebras e são agitadas por um cortejo de átomos vindos do coração, quando este mesmo coração é tocado, por sua vez, pela sucessão de imagens coloridas que se desprendem do corpo de uma mulher amada. Sabia que o amor é causado pela simples expansão de átomos que querem se unir a outros átomos. Sabia que a tristeza causada pela morte não passa da pior das ilusões terrestres, pois a morta deixara de ser infeliz e sofrer, enquanto aquele que a pranteava se afligia com os próprios males e pensava sombriamente na própria morte. Sabia que não resta de nós nenhum duplo simulacro para verter lágrimas sobre o próprio cadáver estendido aos seus pés. Mas, conhecendo perfeitamente a tristeza e o amor e a morte, e sabendo que são imagens vãs quando as contemplamos desde o calmo espaço em que é preciso encerrar-se, seguiu chorando, e desejando o amor, e temendo a morte.

Eis por que, ao regressar à casa alta e sombria dos ancestrais, aproximou-se da bela africana, que cozinhava uma beberagem num pote de metal sobre um braseiro. Pois ela, por sua vez, refletira, e seus pensamentos haviam remontado à misteriosa fonte de seu sorriso. Lucrécio contemplou a beberagem ainda fervente. Ela foi clareando aos poucos e ficando igual a um céu turvo e

VIDAS IMAGINÁRIAS

verde. E a bela africana balançou a fronte e ergueu um dedo. Então Lucrécio bebeu do filtro. E em seguida sua razão sumiu, e ele olvidou as palavras gregas do rolo de papiro. E pela primeira vez, estando louco, conheceu o amor; e durante a noite, por ter sido envenenado, conheceu a morte.

CLÓDIA MATRONA IMPUDICA

Era filha de Ápio Claudio Pulcro, cônsul. Ainda em tenra idade, distinguiu-se dos irmãos pelo brilho flagrante de seus olhos. Tércia, sua irmã mais velha, se casou cedo; a mais moça cedeu por inteiro a todos os seus caprichos. Os irmãos, Ápio e Caio, já eram ávidos pelas rãs de couro e os carros de nozes que confeccionavam para eles; mais tarde, foram ávidos por sestércios. Mas Clódio, belo e feminino, foi companheiro das irmãs. Clódia as persuadia, com seus olhares ardentes, a vesti-lo com uma túnica de mangas, cobri-lo com um bonezinho de fios de ouro e atar-lhe no peito um cinto flexível; então elas cobriam-no com um véu da cor do fogo e o levavam até os quartinhos onde ele se deitava na cama com elas três. Foi Clódia a sua preferida, mas ele tomou também a virgindade de Tércia e da caçula.

Tinha Clódia dezoito anos, quando seu pai morreu. Ela permaneceu na casa do Monte Palatino. Ápio, seu irmão, governava a propriedade, e Caio se preparava para a vida pública. Clódio, ainda imberbe e delicado, dormia entre as irmãs, que tinham ambas por nome Clódia. Começaram, às escondidas, a ir aos banhos com

MARCEL SCHWOB

ele. Davam um quarto de asse[15] aos escravos fortes que as massageavam, depois mandavam que devolvessem a moeda. Clódio, em sua presença, era tratado como as irmãs. Tais foram os prazeres deles antes do casamento.

A mais moça desposou Lúculo, que a levou para a Ásia, onde guerreava contra Mitrídates. Clódia tomou por marido seu primo Metelo, tosco homem de bem. Naqueles tempos de tumultos, foi um espírito conservador e estreito. Clódia não suportava sua brutalidade rústica. Já sonhava coisas novas para seu amado Clódio. César começava a tomar conta dos espíritos; Clódia achou que era preciso suprimi-lo. Mandou buscar Cícero por intermédio de Pompônio Ático. Era uma companhia zombeteira e galante. Junto dela encontravam-se Licínio Calvo, o jovem Curio, alcunhado "a menina", Sexto Clódio, que era seu moço de recados, Inácio e seu bando, Catulo de Verona e Célio Rufo, que era apaixonado por ela. Metelo, pesadamente sentado, não dizia palavra. Comentavam os escândalos acerca de César e Mamurra. Então Metelo, nomeado procônsul, se foi para a Gália cisalpina. Ficou Clódia sozinha em Roma com sua cunhada Múcia. Cícero foi totalmente enfeitiçado por seus grandes olhos cintilantes. Refletiu que podia repudiar Terência, sua mulher, e supôs que Clódia deixaria Metelo. Mas Terência descobriu tudo e aterrorizou o marido. Cícero, medroso, renunciou aos seus desejos. Terência exigiu mais, e teve Cícero de romper com Clódio.

O irmão de Clódia, entretanto, se ocupava. Fazia amor com Pompeia, mulher de César. Na noite da festa

[15]Unidade monetária romana, anterior ao sestércio.

VIDAS IMAGINÁRIAS

da Boa Deusa, só haveria mulheres na casa de César, que era pretor. Somente Pompeia ofereceria o sacrifício. Clódio vestiu-se, como sua irmã costumara fantasiá-lo, de tocadora de cítara, e entrou em casa de Pompeia. Foi reconhecido por uma escrava. A mãe de Pompeia deu o alarme e o escândalo virou público. Clódio tentou se defender e jurou que estava, naquela hora, em casa de Cícero. Terência obrigou o marido a negar: Cícero depôs contra Clódio.

Clódio, com isso, estava perdido para o partido nobre. Sua irmã recentemente passara dos trinta. Estava mais ardorosa que nunca. Teve a ideia de fazer com que Clódio fosse adotado por um plebeu, de modo que pudesse se tornar tribuno do povo. Metelo, que estava de volta, adivinhou seus planos e escarneceu. Nesse momento, já não tendo Clódio em seus braços, deixou-se amar por Catulo. O marido Metelo lhes parecia detestável. Sua mulher resolveu se livrar dele. Certo dia, quando ele voltou do Senado, cansado, ela lhe deu de beber. Metelo caiu morto no átrio. Clódia agora estava livre. Deixou a casa do marido e foi, ligeira, enclausurar-se com Clódio no Monte Palatino. Sua irmã fugiu da casa de Lúculo e voltou para junto deles. Retomaram sua vida a três e exerceram seu ódio.

Clódio, agora plebeu, logo foi designado tribuno do povo. A despeito de sua graça feminina, tinha voz forte e mordaz. Conseguiu que Cícero fosse exilado; mandou derrubar sua casa diante de seus próprios olhos, e jurou de ruína e morte todos os seus amigos. César era procônsul na Gália e nada podia. Cícero, porém, angariou influências através de Pompeia e foi chamado

MARCEL SCHWOB

de volta no ano seguinte. A fúria do jovem tribuno foi extrema. Atacou violentamente Milo, amigo de Cícero, que começava a disputar o consulado. Emboscado na noite, tentou matá-lo, derrubando seus escravos que traziam as tochas. A popularidade de Clódio decrescia. Quadrinhas obscenas eram cantadas sobre Clódio e Clódia. Cícero os denunciou num discurso violento: Clódia nele era tratada de Medeia e Climenestra. A raiva dos dois irmãos acabou por explodir. Clódio tentou incendiar a casa de Milo, e foi abatido nas trevas por escravos guardiões.

Clódia então se desesperou. Conquistara e rejeitara Catulo, depois Célio Rufo, depois Inácio, cujos amigos a tinham levado para as baixas tabernas: mas só amara a seu irmão Clódio. Por ele é que envenenara o marido. Por ele é que atraíra e seduzira bandos de incendiários. Com sua morte, o objeto de sua vida lhe veio a faltar. Ainda era bela e ardente. Tinha uma casa de campo na estrada de Óstia, jardins junto ao Tibre e em Baia. Lá se refugiou. Procurou distrair-se dançando lascivamente com mulheres. Não foi suficiente. Sua mente estava ocupada pelas luxúrias de Clódio, que ela ainda via infantil e imberbe. Lembrava-se de como ele caíra, outrora, em mãos de piratas da Cilícia, que tinham usado seu corpo tenro. Uma certa taberna também lhe voltava à memória, onde estivera com ele. O frontão da porta era todo manchado de carvão, e os homens que ali bebiam espalhavam um cheiro forte, e tinham o peito peludo.

Roma então voltou a atraí-la. Vagou, nas primeiras vigílias, pelas encruzilhadas e becos estreitos. Ainda era igual a insolência cintilante dos seus olhos. Nada podia extingui-la, e ela tentou de tudo, inclusive se expor à chuva e deitar-se na lama. Foi desde os banhos até as celas de pedra; conheceu os porões onde os escravos jogavam dados, os subsolos onde se embriagavam cozinheiros e carreteiros. Esperou por transeuntes nas ruas ladrilhadas. Pereceu ao amanhecer de uma noite sufocante pelo estranho revide de um antigo hábito seu. Um pisoeiro lhe pagara um quarto de asse; a fim de retomá-lo, espreitou-a na alameda ao crepúsculo da aurora, e estrangulou-a. Então jogou seu cadáver, com os olhos arregalados, na água amarela do Tibre.

PETRÔNIO ROMANCISTA

Nasceu num tempo em que saltimbancos vestindo trajes verdes faziam leitões treinados saltarem círculos de fogo, em que porteiros barbudos, de túnicas cor de cereja, debulhavam ervilhas em travessas de prata diante dos elegantes mosaicos à entrada das *vilas*, em que os alforriados, cheios de sestércios, disputavam cargos municipais nas cidades de província, em que os cantadores entoavam poemas épicos à sobremesa, em que a linguagem era recheada de palavras do ergástulo e redundâncias infladas vindas da Ásia.

Sua infância transcorreu em meio a tais elegâncias. Não usava duas vezes uma roupa de lã de Tiro. A prataria caída no átrio era varrida junto com os detritos. As refeições se compunham de coisas delicadas e inesperadas, e os cozinheiros variavam sem cessar a apresentação da comida. Que ninguém se admirasse se, ao abrir um ovo, encontrasse dentro dele uma toutinegra, nem temesse partir uma estatueta, imitação de Praxiteles, esculpida em *foie gras*. A gipsita que selava as ânforas era diligentemente dourada. Caixinhas de marfim indiano encerravam perfumes ardentes destinados aos convivas. Os gomis eram furados de maneiras diversas e cheios de águas coloridas que surpreendiam ao jorrar. Todas as peças de vidro figuravam monstruosidades irisadas. As alças de algumas urnas, quando pegas, rompiam-se entre os dedos e os lados eclodiam derramando flores artificialmente pintadas. Pássaros africanos de face escarlate parolavam em gaiolas de ouro. Por detrás dos gradeados incrustados nas ricas paredes das muralhas, urravam muitos macacos do Egito com cara de cão. Em preciosos receptáculos rastejavam animais delgados com rutilantes escamas flexíveis e olhos raiados de anil.

Assim viveu Petrônio, mansamente, pensando que o próprio ar que aspirava era perfumado para o seu uso. Quando chegou à adolescência, depois de guardar sua primeira barba num estojo ornamentado, começou a olhar em redor. Um escravo de nome Siro, que havia servido na arena, mostrou-lhe coisas desconhecidas. Petrônio era pequeno, escuro e vesgo de um olho. Não era de raça nobre. Tinha mãos de artesão e um espírito cultivado. Daí o prazer que sentia em burilar e traçar as palavras. Elas em nada se pareciam com o que haviam imaginado os poetas antigos. Pois tratavam de imitar tudo o que cercava Petrônio. E foi só mais tarde que ele teve a imprópria ambição de compor versos.

De modo que conheceu bárbaros gladiadores e fanfarrões de encruzilhada, homens de olhar oblíquo que

VIDAS IMAGINÁRIAS

parecem estar vigiando os legumes e desengancham peças de carne, meninos de cabelo crespo levados a passear por senadores, velhos tagarelas discorrendo nas esquinas sobre assuntos da cidade, criados lascivos e mulheres arrivistas, vendedoras de frutas e donos de estalagens, poetas deploráveis e criadas tratantes, sacerdotisas suspeitas e soldados errantes. Fitava neles seu olhar vesgo e captava com precisão seus modos e intrigas. Siro o levou aos banhos de escravos, às alcovas de prostitutas e aos redutos subterrâneos onde figurantes do circo se exercitavam com espadas de pau. Nas portas da cidade, entre as tumbas, contou-lhe os casos dos homens que mudam de pele, casos que os negros, os sírios, os taverneiros e os soldados guardiões das cruzes de suplício se transmitiam de boca em boca.

Por volta dos trinta anos, Petrônio, ávido daquela liberdade diversa, começou a escrever a história de escravos errantes e devassos. Reconheceu seus costumes em meio às transformações do luxo; reconheceu suas ideias e linguagem em meio às conversas polidas dos banquetes. Solitário, diante de seu pergaminho, apoiado à mesa perfumada de madeira de cedro, desenhou com a ponta de seu cálamo as aventuras de um populacho ignorado. À luz de suas altas janelas, sob as pinturas dos lambris, imaginou as tochas fumegantes das estalagens, e ridículos combates noturnos, molinetes com lampadários de pau, fechaduras arrombadas a machadadas por escravos da justiça, enxergas gordurosas apinhadas de percevejos, e reprimendas de fiscais de bairro em ajuntamentos de pobre gente vestindo cortinas rasgadas e trapos imundos.

MARCEL SCHWOB

Dizem que assim que concluiu os dezesseis livros de sua criação, mandou buscar Siro, e os leu para ele, e que o escravo ria e se exclamava em voz alta batendo palmas. Foi quando conceberam o projeto de pôr em execução as aventuras escritas por Petrônio. Tácito relata erroneamente que ele foi árbitro da elegância na corte de Nero, e que Tigelino, por ciúmes, mandou ditar sua ordem de morte. Petrônio não desmaiou delicadamente numa banheira de mármore, murmurando versinhos lascivos. Fugiu com Siro e terminou a vida percorrendo as estradas.

Sua aparência facilitou-lhe o disfarce. Siro e Petrônio se revezaram para carregar a pequena sacola de couro que continha seus trapos e denários. Dormiram ao relento, junto a cruzes de sepulturas. Viram luzir tristemente na noite as lamparinas dos monumentos fúnebres. Comeram pão azedo e azeitonas murchas. Não se sabe se roubaram. Foram mágicos ambulantes, charlatões do campo e companheiros de soldados vagabundos. Petrônio desaprendeu por inteiro a arte de escrever tão logo viveu da vida que imaginara. Tiveram jovens amigos traidores, a quem amaram, e que os abandonaram às portas dos municípios levando até o seu último asse. Praticaram toda devassidão com gladiadores fugidos. Foram barbeiros e serventes dos banhos. Viveram durante meses de pães funerários que furtavam nos sepulcros. Petrônio aterrorizava os viajantes com seu olho baço e sua cor escura de aspecto maligno. Certa noite, desapareceu. Siro pensou que o encontraria numa alcova imunda onde tinham conhecido uma mulher de cabelos emaranhados. Mas um salteador bê-

VIDAS IMAGINÁRIAS

bado lhe enfiara uma larga lâmina no pescoço, quando estavam deitados juntos, em campo aberto, sobre as lajes de um jazigo abandonado.

SUFRAH GEOMANTE

Conta, por engano, a história de Aladim que o mágico africano foi envenenado em seu palácio e seu corpo, enegrecido e gretado por força da droga, jogado aos cães e aos gatos; verdade é que seu irmão, iludido por aquela aparência, depois de vestir o traje de santa Fátima pediu para ser apunhalado; o certo, porém, é que Mograbi Sufrah (pois era este o nome do mágico) simplesmente adormeceu pela força do narcótico e escapuliu por uma das vinte e quatro janelas do salão, enquanto Aladim beijava ternamente a princesa.

Mal alcançara o chão, depois de comodamente deslizar por um dos canos de ouro por onde escoava a água do grande terraço, o palácio sumiu e Sufrah se viu sozinho em meio à areia do deserto. Não lhe restava sequer uma das garrafas de vinho da África que fora buscar na adega a pedido da jovem princesa. Desesperado, sentou-se sob o sol ardente e, sabendo que era infinita a extensão de areia tórrida que o cercava, enrolou a cabeça no manto e esperou a morte. Já não possuía nenhum talismã; não tinha perfume algum para fazer sufumigações; nem mesmo uma vara movente a indicar-lhe uma fonte profundamente oculta para saciar sua sede. Veio a noite, azul e quente mas aliviando-lhe um pouco a inflamação dos olhos. Teve então a ideia de traçar na areia uma figura de geomancia e perguntar se estava fadado a perecer no deserto. Com os dedos marcou, compostas de pontos, as quatro linhas maiores dispostas, à direita, sob a invocação do Fogo, da Água, da Terra e do Ar, e à esquerda, do Sul, do Oriente, do Ocidente e do Setentrião. E nas extremidades destas linhas, juntou os pontos pares e ímpares, a fim de compor com eles a primeira figura. Para sua alegria viu que se tratava da Fortuna Maior, donde se deduzia que escaparia ao perigo, devendo a primeira figura ser colocada na primeira casa astrológica, que é a casa daquele que pergunta. E, na casa chamada "Coração do Céu", deparou novamente com a figura da Fortuna Maior, o que lhe mostrou que triunfaria e alcançaria a glória. Na oitava casa, porém, que é a casa da Morte, veio se colocar a figura do Vermelho, que anuncia o sangue ou o fogo, o que é um sinistro presságio. Depois de dispor as figuras nas doze casas, escolheu entre elas duas testemunhas, sendo uma delas um juiz, a fim de garantir a correção de seu cálculo. A figura do juiz era a da Prisão, e soube assim que encontraria a glória, sob grande perigo, em algum lugar fechado e secreto.

Certo de não morrer de imediato, Sufrah se pôs a refletir. Não tinha esperança de reaver a lâmpada, transportada, junto com o palácio, para o centro da China. Ponderou, no entanto, que nunca buscara saber quem era o legítimo dono do talismã, o antigo possuidor do grande tesouro e do jardim dos frutos preciosos. Uma segunda figura de geomancia, que decifrou segundo as letras do alfabeto, revelou-lhe os caracteres S.L.M.N., que ele traçou na areia, e a décima casa confirmou que era um rei o dono daqueles caracteres. Sufrah perce-

VIDAS IMAGINÁRIAS

beu de imediato que a lâmpada maravilhosa integrara o tesouro do rei Salomão. Então, estudou com atenção todos os signos, e a Cabeça do Dragão lhe indicou o que buscava — pois que estava unida pela Conjunção à Figura do Moço, que assinala as riquezas ocultas sob a terra, e à da Prisão, na qual se lê a posição das abóbadas fechadas.

E Sufrah bateu palmas: pois a figura de geomancia mostrava que o corpo do rei Salomão estava conservado naquela mesma terra da África, e que ele ainda trazia no dedo seu todo-poderoso selo que dá imortalidade terrestre: embora o rei devesse estar dormindo há miríades de anos. Alegre, Sufrah esperou a aurora. Na semiclaridade anil, viu passar beduínos saqueadores que, quando implorou, compadeceram-se de sua desdita, deram-lhe um pequeno saco de tâmaras e uma cabaça cheia de água.

Sufrah pôs-se a caminho, rumo ao local indicado. Era um lugar árido e pedregoso, entre quatro montanhas nuas erguidas feito dedos para os quatro cantos do céu. Ali traçou um círculo e pronunciou certas palavras; e a terra tremeu e se abriu, e revelou uma laje de mármore com um anel de bronze. Sufrah pegou o anel e três vezes invocou o nome de Salomão. A laje imediatamente se ergueu, e Sufrah desceu ao subterrâneo por uma escada estreita.

Dois cães de fogo acorreram de seus nichos e cuspiram chamas entrecruzadas. Mas Sufrah pronunciou a palavra mágica, e os cães rosnantes se esvaeceram. Encontrou então uma porta de ferro que se abriu em silêncio assim que ele a tocou. Seguiu por um corredor escavado no pórfiro. Candelabros de sete braços queimavam uma luz eterna. Ao fundo do corredor havia uma sala quadrada cujas paredes eram de jaspe. Em seu centro, um braseiro de ouro irradiava um rico clarão. E sobre um leito feito de um só diamante entalhado, e que lembrava um bloco de fogo frio, jazia uma forma velha, de barba branca, a fronte cingida por uma coroa. Junto ao rei estava deitado um gracioso corpo ressecado, com as mãos ainda estendidas para apertar as suas; o calor dos beijos, porém, estava extinto. E, na mão pendente do rei Salomão, Sufrah viu o brilho do grande selo.

Aproximou-se de joelhos e, rastejando até o leito, ergueu a mão enrugada, fez deslizar o anel e o apanhou.

Imediatamente cumpriu-se a obscura predição geomântica. O sono imortal do rei Salomão se rompeu. Num segundo, seu corpo se esfacelou e se reduziu a um pequeno punhado de ossos brancos e polidos que as delicadas mãos da múmia ainda pareciam proteger. Mas Sufrah, aterrorizado pelo poder da figura do Vermelho na casa da Morte, eructou num jorro carmesim todo o sangue de sua vida e desabou na sonolência da imortalidade terrestre. Com o selo do rei Salomão no dedo, deitou-se junto ao leito de diamante preservado da corrupção por miríades de anos, no local fechado e secreto que ele lera na figura da Prisão. A porta de ferro tornou a fechar-se sobre o corredor de pórfiro e os cães de fogo se puseram a velar o geomante imortal.

VIDAS IMAGINÁRIAS

FRATE DOLCINO HERÉTICO

Aprendeu a conhecer as coisas santas na igreja de Orto San Michele, onde sua mãe o alçava para que ele pudesse tocar com as mãozinhas as belas figuras de cera penduradas diante da Virgem Maria. A casa de seus pais era contígua ao batistério. Três vezes por dia, ao amanhecer, ao meio-dia e ao entardecer, via passar dois frades da ordem de são Francisco que mendigavam pão e carregavam os pedaços num cesto. Não raro ele os seguia até a porta do convento. Um deles era um monge muito velho: dizia ter sido ordenado pelo próprio são Francisco. Prometeu ao menino ensinar-lhe a falar com os pássaros e todos os pobres animais do campo. Não demorou e Dolcino começou a passar os dias no convento. Cantava com os frades e sua voz era pura. Quando o toque do sino chamava para descascar os legumes, ajudava a limpar as ervas em torno da grande selha. O cozinheiro Roberto lhe emprestava uma faca velha e deixava que esfregasse as tigelas com seu toalhete. Dolcino gostava de contemplar, no refeitório, a cobertura da lâmpada onde se viam, pintados, os doze apóstolos, com sandálias de madeira nos pés e pequenos mantos cobrindo seus ombros.

Seu maior prazer, porém, era sair com os frades quando iam mendigar o pão de porta em porta, e segurar o cesto coberto por um pano. Certo dia em que andavam assim, na hora em que o sol ia alto no céu, negaram-lhes esmola em várias casas baixas à margem do rio. O calor era forte: os frades sentiam muita sede e muita fome. Entraram num pátio que não conheciam e Dolcino se exclamou de surpresa ao largar o cesto no chão. Porque o pátio era revestido de vinhas folhudas e cheio de um verde diáfano e deleitável; saltavam por ali leopardos e vários animais de além-mar, e também se viam moças e moços vestidos com tecidos brilhantes e tocando serenamente vielas e cítaras. Ali a calma era profunda, a sombra espessa e perfumada. Todos ouviam em silêncio os que cantavam e o canto era de um modo extraordinário. Os frades nada disseram; sua fome e sede se saciaram; não ousaram pedir nada. Só a muito custo se dispuseram a sair; mas da margem do rio, ao olharem para trás, não viram abertura alguma na muralha. Julgaram ter sido uma visão de necromancia, até o momento em que Dolcino destapou o cesto. Estava repleto de pães brancos como se Jesus, com as próprias mãos, tivesse ali multiplicado as oferendas.

Assim foi revelado a Dolcino o milagre da mendicância. Ele, porém, não ingressou na ordem, já que de sua vocação recebera uma ideia mais alta e singular. Os frades o levavam pelas estradas afora quando iam de um convento para outro, de Bolonha para Modena, de Parma para Cremona, de Pistoia para Lucca. E foi em Pisa que se sentiu impelido pela verdadeira fé. Dormia na aresta de um muro do palácio episcopal, quando foi despertado pelo som da buzina. Uma multidão de crianças levando ramos e candeias acesas cercava, na praça, um homem selvagem que soprava uma trombeta de bronze. Dolcino pensou estar vendo João Batista. O homem tinha uma barba comprida e negra; vestia, do pescoço aos pés, um cilício escuro marcado com ampla cruz vermelha; em volta do corpo tinha amarrada uma pele de animal. Ele exclamou com voz terrível: *Lau-*

VIDAS IMAGINÁRIAS

dato et benedetto et glorificato sia lo Patre; e as crianças repetiram; então ele acrescentou: *sia lo Fijo*, e as crianças o imitaram; então ele acrescentou: *sia lo Spiritu Sancto*; e as crianças em seguida disseram o mesmo; então ele cantou com elas: *Alleluia, alleluia, alleluia!* Por fim, tocou a trombeta e se pôs a pregar. Sua palavra era áspera qual vinho da montanha — mas atraiu Dolcino. Em todo lugar onde o frade de cilício tocou a buzina, Dolcino foi admirá-lo, desejando sua vida. Era um ignorante agitado de violência; não sabia latim; gritava, para conclamar à penitência: *Penitenzagite!* Mas anunciava sinistramente as predições de Merlin, e da Sibila e do abade Joaquim, que constam no *Livro das figuras*; profetizava que o Anticristo chegara sob a forma do imperador Frederico Barbaruiva, que sua ruína estava consumada, e que depois dele em breve surgiriam as Sete Ordens, conforme interpretação da Escritura. Dolcino o seguiu até Parma, onde foi inspirado a tudo compreender.

O Anunciador precedia Aquele que estava por vir, o fundador da primeira das Sete Ordens. Sobre a pedra erigida de Parma, de onde desde muitos anos os podestades falavam ao povo, Dolcino proclamou a nova fé. Dizia ser necessário vestir-se com manteletes de lona branca, como os apóstolos pintados na cobertura da lâmpada, no refeitório dos Frades Menores. Afirmava que ser batizado não era tudo; mas, a fim de voltar completamente à inocência das crianças, fabricou para si um berço, mandou que o envolvessem em cueiros e pediu o seio a uma mulher simples, que chorou de piedade. A fim de pôr sua castidade à prova, rogou a uma burguesa

MARCEL SCHWOB

que convencesse a filha a dormir toda nua junto dele | 93
numa cama. Mendigou um saco cheio de denários e
os distribuiu aos pobres, ladrões e mulheres da vida,
declarando que não se deveria mais trabalhar, e sim
viver à maneira dos bichos do campo. Roberto, o cozinheiro do convento, fugiu para segui-lo e alimentá-lo
com uma tigela roubada aos pobres frades. As pessoas
devotas acreditaram que voltara o tempo dos Cavaleiros
de Jesus Cristo e Cavaleiros de Santa Maria, e daqueles
que seguiam outrora, errantes e arrebatados, Gerardino
Secarelli. Agrupavam-se, beatos, em torno de Dolcino
e murmuravam: "Pai, pai, pai!". Mas os Frades Menores
mandaram expulsá-lo de Parma. Uma jovem de nobre família, Margherita, saiu em seu encalço pela porta
que dava para a estrada de Piacenza. Ele a cobriu com
um saco marcado com uma cruz e levou-a consigo. Os
porqueiros e vaqueiros os observavam da orla dos campos. Muitos deixaram seus animais e vieram ter com
eles. Mulheres prisioneiras, que os homens de Cremona
tinham cruelmente mutilado cortando-lhes o nariz, im-
ploraram e os seguiram. Tinham o rosto envolto num
pano branco; Margherita as instruiu. Estabeleceram-se,
todos, numa montanha arborizada, pouco distante de
Novare, e praticaram a vida comunitária. Dolcino não
instituiu nenhuma regra ou ordem, certo de que tal era a
doutrina dos apóstolos, e de que todas as coisas deviam
se dar em caridade. Quem assim queria se alimentava
das bagas das árvores; outros mendigavam nas aldeias;
outros roubavam gado. A vida de Dolcino e Margherita
foi livre debaixo do céu. Mas a gente de Novare não quis
compreender isto. Os camponeses queixavam-se dos

VIDAS IMAGINÁRIAS

roubos e do escândalo. Mandaram buscar um bando de homens de armas para que cercassem a montanha. Os Apóstolos foram escorraçados pelo povo. Quanto a Dolcino e Margherita, foram amarrados sobre um burro, o rosto voltado para a garupa, e levados até a praça principal de Novare. Lá foram queimados, numa mesma fogueira, por ordem da justiça. Dolcino fez um único pedido: que no suplício, em meio às chamas, os deixassem vestidos com seus manteletes brancos, como os Apóstolos na cobertura da lâmpada.

CECCO ANGIOLIERI POETA RANCOROSO

Cecco Angiolieri nasceu rancoroso em Siena, no mesmo dia que Dante Alighieri em Florença. Seu pai, que enriquecera no comércio de lã, alinhava-se com o império. Já desde a infância, Cecco invejava os poderosos, desprezava-os, e resmungava discursos. Muitos nobres já não queriam se submeter ao papa. Os gibelinos, entretanto, haviam cedido. Mas entre os próprios guelfos, havia os Brancos e os Negros. Os Brancos não se opunham à intervenção imperial. Os Negros permaneciam fiéis à Igreja, a Roma, à Santa Sé. Cecco teve o impulso de ser Negro, talvez porque seu pai fosse Branco.

Teve-lhe rancor quase desde o primeiro sopro. Aos quinze anos, reivindicou sua parte da fortuna como se o velho Angiolieri já tivesse morrido. Irritou-se com a recusa e deixou a casa paterna. Desde então nunca cessou de queixar-se aos passantes e aos céus. Chegou em Florença pela estrada principal. Lá os Brancos ainda reinavam, mesmo depois que os gibelinos foram expulsos. Cecco mendigou seu pão, delatou a dureza do pai, e alojou-se por fim no casebre de um sapateiro, o qual tinha uma filha. Chamava-se Becchina e Cecco pensou que a amava.

O sapateiro era um homem simples, amigo da Virgem, cujas medalhas usava, e convencido de que sua devoção lhe dava o direito de moldar os sapatos em couro ruim. Conversava com Cecco sobre a santa teologia e a excelência da graça, à luz de uma candeia de resina, antes da hora de ir deitar. Becchina lavava a louça, e seus cabelos estavam sempre embaraçados. Zombava de Cecco porque ele tinha a boca torta.

Por esta época, começou a se espalhar em Florença o boato sobre o amor demasiado que sentira Dante degli Alighieri por Beatriz, filha de Folco Ricovero de Portinari. Os que eram letrados sabiam de cor as canções que ele lhe dedicara. Cecco ouviu-as recitar e as criticou com vigor.

— Ó Cecco — disse Becchina —, tu que zombas deste Dante não saberias escrever versos tão belos para mim.

— Veremos — disse Angiolieri escarnecendo.

Primeiro, compôs um soneto em que criticava a métrica e o sentido das canções de Dante. Em seguida fez versos para Becchina, que não sabia lê-los, e caía na gargalhada quando Cecco os declamava para ela, porque não suportava as caretas apaixonadas de sua boca.

Cecco era pobre e desprovido feito uma pedra de igreja. Amava com furor a mãe de Deus, o que tornava

VIDAS IMAGINÁRIAS

o sapateiro indulgente. Ambos frequentavam alguns eclesiásticos miseráveis, a soldo dos Negros. Esperavam muito de Cecco, que parecia iluminado, mas não havia dinheiro para lhe dar. Assim, apesar de sua fé louvável, o sapateiro teve de casar Becchina com um gordo vizinho, Barberino, vendedor de óleo. "E o óleo pode ser santo!", disse piedosamente o sapateiro, desculpando-se, a Cecco Angiolieri. O casamento se realizou por volta da mesma época em que Beatriz desposou Simone de Barde. Cecco imitou a dor de Dante.

Becchina, porém, não morreu. Em 9 de junho de 1291, Dante desenhava numa tabuleta, e era o primeiro aniversário da morte de Beatriz. Aconteceu de ele figurar um anjo cujo rosto se assemelhava ao rosto de sua bem-amada. Onze dias depois, em 20 de junho, Cecco Angiolieri (estando Barberino ocupado na feira de óleos) obteve de Becchina o favor de beijá-la na boca, e compôs um ardente soneto. O rancor nem por isso se fez menor em seu coração. Queria ouro junto com seu amor. Não logrou consegui-lo com os usurários. Esperou obtê-lo de seu pai e partiu para Siena. Mas o velho Angiolieri recusou ao filho até mesmo um copo de vinho magro, e deixou-o sentado na estrada, em frente à casa.

Cecco avistara na sala um saco de florins recém-cunhados. Era a renda de Arcidosso e Montegiovi. Estava morrendo de fome e sede; sua túnica estava rasgada, e sua blusa, fuliginosa. Regressou, poeirento, a Florença, e Barberino o enxotou de sua oficina, por causa de seus farrapos.

Cecco voltou, à noite, ao casebre do sapateiro, que

encontrou cantando, à fumaça de sua candeia, suave canção para Maria.

Os dois se abraçaram e choraram copiosamente. Depois do hino, Cecco contou ao sapateiro do rancor terrível e desesperado que nutria pelo pai, um velhote que ameaçava viver tanto quanto o Judeu-errante Botadeo. Um padre que vinha entrando para conferir as necessidades do povo convenceu-o a aguardar sua libertação em estado monástico. Levou Cecco até uma abadia, onde lhe deram uma cela e uma batina velha. O prior lhe impôs o nome de irmão Henrique. No coro, durante os cantos noturnos, passava a mão nas lajes frias e despojadas como ele. A raiva lhe apertava a garganta quando pensava na riqueza de seu pai; tinha a impressão de que o mar secaria antes que o pai morresse. Sentia-se tão destituído que em certos momentos até pensou em ser servente de cozinha. "Está aí uma coisa", refletiu, "a que se pode aspirar."

Em outros momentos, experimentou a loucura do orgulho: "Se eu fosse o fogo", pensava, "incendiaria o mundo; se eu fosse o vento, sopraria um furacão sobre ele; se eu fosse a água, o afogaria num dilúvio; se eu fosse Deus, eu o afundaria no espaço; se eu fosse papa, não haveria mais paz sob o sol; se eu fosse o Imperador, cortaria cabeças à toa; se eu fosse a Morte, iria me encontrar com meu pai... se eu fosse Cecco... é esta a minha esperança..." Ele era, porém, *frate Arrigo*. Em seguida retornou ao seu rancor. Conseguiu um exemplar das canções para Beatriz e as comparou pacientemente com os versos que escrevera para Becchina. Um monge errante lhe contou que Dante se referia a ele com desdém.

VIDAS IMAGINÁRIAS

Procurou meios de se vingar. A superioridade dos sonetos para Becchina lhe parecia evidente. As canções para Bice (usava o seu nome vulgar) eram abstratas e brancas; as suas eram cheias de força e de cor. Primeiro, enviou versos de insulto a Dante; depois, cogitou denunciá-lo ao bom rei Carlos, conde de Provença. Por fim, já que ninguém dava atenção aos seus poemas ou cartas, quedou-se impotente. Cansou-se afinal de alimentar seu rancor na inação, despiu a batina, tornou a vestir sua blusa sem presilha, seu gibão surrado, seu capuz desbotado de chuva, e voltou a esmolar a assistência dos frades devotos que trabalhavam para os Negros.

Uma grande alegria o aguardava. Dante fora exilado: em Florença só restavam partidos obscuros. O sapateiro murmurava humildemente para a Virgem o triunfo próximo dos Negros. Cecco Angiolieri, em sua volúpia, esqueceu-se de Becchina. Vagueou pelas sarjetas, comeu nacos de pão duro, correu a pé atrás dos enviados da Igreja que iam a Roma e voltavam para Florença. Perceberam que ele poderia ser útil. Corso Donati, violento chefe dos Negros, de volta a Florença, e poderoso, empregou-o junto com outros. Na noite de 10 de junho de 1304, uma turba de cozinheiros, tintureiros, ferreiros, padres e mendigos invadiu o bairro nobre de Florença onde ficavam as belas casas dos Brancos. Cecco Angiolieri brandia a tocha resinosa do sapateiro, que seguia à distância, admirando os desígnios celestes. A tudo incendiaram e Cecco queimou o revestimento das sacadas dos Cavalcanti, que haviam sido amigos de Dante. Naquela noite, saciou com fogo sua sede de rancor. No dia seguinte, enviou a Dante, o "Lombardo", versos de insulto, na corte de Verona. No mesmo dia, tornou-se Cecco Angiolieri como desejava havia tantos anos: morrera seu pai, tão velho como Enoc ou Elias.

Cecco correu para Siena, arrombou os cofres e mergulhou as mãos nos sacos de florins novos, cem vezes repetindo a si mesmo que já não era o pobre irmão Henrique, e sim um nobre, senhor de Arcidosso e Montegiovi, mais rico que Dante e melhor poeta. Então refletiu que era um pecador e que desejara a morte do pai. Arrependeu-se. Rabiscou, no ato, um soneto pedindo ao Papa uma cruzada contra todos que insultassem os próprios pais. Ansioso por confessar-se, voltou às pressas para Florença, abraçou o sapateiro, suplicou-lhe que intercedesse junto a Maria.

Foi depressa à loja de ceras santas e comprou um círio dos grandes. O sapateiro acendeu-o com unção. Ambos choraram e rezaram a Nossa Senhora. Até horas tardias, escutou-se a voz serena do sapateiro entoando louvores, feliz com seu brandão e enxugando as lágrimas do amigo.

PAOLO UCCELLO PINTOR

Chamava-se na verdade Paolo di Dono; mas os florentinos deram-lhe o nome de Uccelli, ou Paulo dos Pássaros, devido aos inúmeros pássaros figurados e bichos pintados que enchiam sua casa: pois era pobre demais para alimentar animais ou adquirir aqueles que não conhecia. Dizem até que, em Pádua, pintou um afresco dos quatro elementos, e deu ao ar, como atributo, a imagem do camaleão. Mas nunca havia visto nenhum, de

VIDAS IMAGINÁRIAS

modo que representou um camelo barrigudo de goela aberta. (Ora, explica Vasari, o camaleão se parece com um lagartinho seco, ao passo que o camelo é um bicho grande desengonçado.) Pois Uccello não se importava com a realidade das coisas, e sim com sua multiplicidade e com a infinitude das linhas; de modo que criou campos azuis, e cidades vermelhas, e cavaleiros vestidos com armaduras negras montando cavalos de ébano com a boca inflamada, e lanças assestadas feito raios de luz para todos os pontos do céu. E ele tinha o hábito de desenhar *mazocchi*, que são círculos de madeira cobertos por um pano que se põe sobre a cabeça, de maneira a que as dobras do tecido solto emoldurem o rosto inteiro. Uccello desenhou alguns pontudos, outros quadrados, outros multifacetados, dispostos em pirâmides e cones, conforme todos os aspectos perspectiva, de modo que encontrava um mundo de combinações nas dobras do *mazocchio*. E o escultor Donatello lhe dizia: "Ah! Paolo, você troca a substância pela sombra!".

O Pássaro, porém, continuava sua obra paciente, e ajuntava círculos, e dividia ângulos, e examinava todas as criaturas sob todos os seus aspectos, e perguntava a interpretação dos problemas de Euclides ao seu amigo, o matemático Giovanni Manetti; depois se confinava e cobria seus pergaminhos e madeiras de pontos e curvas. Dedicou-se com constância ao estudo da arquitetura, no que se fez ajudar por Filippo Brunelleschi; mas não era com a intenção de construir. Limitava-se a reparar nas direções das linhas, dos alicerces às cornijas, e na convergência das retas em suas intersecções, e no modo como as abóbadas se curvavam nos fechos, e no escorço em forma de leque das vigas de teto que pareciam se unir na extremidade dos vastos salões. Representava também todos os animais e seus movimentos, e os gestos humanos, a fim de reduzi-los a linhas simples.

Depois, qual o alquimista se debruçando sobre as misturas de metais e órgãos e espreitando sua fusão em seu forno para encontrar o ouro, Uccello vertia todas as formas no cadinho das formas. Ele as juntava, e combinava, e fundia, a fim de obter sua transmutação naquela forma simples de que as outras todas dependem. Eis por que viveu Paolo Uccello como um alquimista dentro de sua casinha. Pensou que pudesse transmudar todas as linhas num só aspecto ideal. Quis conceber o universo criado tal qual se refletia no olho de Deus, que vê jorrar todas as figuras de dentro de um centro complexo. Nas cercanias viviam Ghiberti, della Robbia, Brunelleschi, Donatello, cada um deles orgulhoso e mestre em sua arte, escarnecendo o pobre Uccello e sua loucura pela perspectiva, lamentando sua casa cheia de aranhas, vazia de alimentos; Uccello, porém, era mais orgulhoso ainda. A cada nova combinação de linhas, esperava ter descoberto a maneira de criar. Seu intento não estava na imitação, e sim na capacidade de desenvolver soberanamente todas as coisas, e a estranha série de capelos com dobras lhe parecia mais reveladora que as magníficas figuras de mármore do grande Donatello.

Assim vivia o Pássaro, e sua cabeça pensativa ficava envolta em sua capa; e não atentava nem para o que comia nem para o que bebia, e era, em tudo, igual a um eremita. De modo que, num prado, próximo a um círculo de antigas pedras cravadas em meio à relva, avistou certo dia uma moça que ria, a cabeça cingida por uma grinalda. Usava um longo vestido delicado, preso à cintura por uma fita clara, e seus movimentos eram flexíveis como as hastes que ela curvava ao passar. Seu nome era Selvaggia, e ela sorriu para Uccello. Ele notou a flexão de seu sorriso. E, quando ela olhou para ele, viu todas as pequenas linhas de seus cílios, e os círculos de suas pupilas, e a curva de suas pálpebras, e os entrelaços sutis de seus cabelos e, em pensamento, atribuiu à grinalda que lhe cingia a fronte uma porção de posições. Mas Selvaggia nada percebeu, pois tinha apenas treze anos. Pegou Uccello pela mão e o amou. Era filha de um tintureiro de Florença, e sua mãe havia morrido. Outra mulher entrara em sua casa, e havia surrado Selvaggia. Uccello levou-a consigo.

Selvaggia passava o dia inteiro de cócoras frente à muralha em que Uccello traçava as formas universais. Nunca compreendeu por que ele preferia contemplar linhas retas e arqueadas a olhar a doce figura que se erguia para ele. Quando escurecia e Brunelleschi ou Manetti vinham estudar com Uccello, ela adormecia, passada meia-noite, aos pés das retas entrecruzadas, no círculo de sombra que se espraiava sob a lâmpada. Pela manhã, acordava antes de Uccello, e se alegrava por estar rodeada de pássaros pintados e bichos coloridos. Uccello desenhou seus lábios, e seus olhos, e seus cabelos, e suas mãos, e retratou todas as poses de seu corpo; mas não fez seu retrato, como faziam os outros pintores que amavam uma mulher. Pois o Pássaro desconhecia a alegria de se ater a um indivíduo; não se quedava num lugar só: queria pairar, em seu voo, sobre todos os lugares. E as formas das poses de Selvaggia foram jogadas no cadinho das formas, com todos os movimentos dos bichos, e as linhas das plantas e pedras, e os raios da luz, e as ondulações dos vapores terrestres e ondas do mar. E sem se lembrar de Selvaggia, Uccello parecia quedar-se eternamente debruçado sobre o cadinho das formas.

Entretanto, não havia o que comer na casa de Uccello. Selvaggia não se atrevia a dizê-lo a Donatello e aos outros. Ficou calada, e morreu. Uccello representou o enrijecer de seu corpo, e a união de suas mãozinhas magras, e a linha de seus pobres olhos fechados. Não soube que estava morta, como nunca soubera que estava viva. Mas jogou aquelas formas novas em meio a todas as outras que havia acumulado.

O Pássaro foi envelhecendo, e ninguém mais entendia seus quadros. Via-se apenas uma confusão de curvas. Já não se reconheciam neles a terra, as plantas, os animais, ou os homens. Trabalhava desde muitos anos em sua obra suprema, que ele ocultava a todos os olhares. Essa obra deveria abarcar todas as suas pesquisas, das quais seria, a seu ver, a imagem. Era são Tomé incrédulo, experimentando a chaga do Cristo. Uccello tinha oitenta anos quando concluiu seu quadro. Mandou chamar Donatello, e piedosamente o descobriu diante dele. E Donatello exclamou: "Ó Paolo, torne a cobrir seu quadro!". O Pássaro interrogou o grande escultor: mas este não quis dizer mais nada. Soube Uccello, desse modo, que havia cumprido o milagre. Donatello, porém, vislumbrara apenas um emaranhado de linhas.

VIDAS IMAGINÁRIAS

E alguns anos mais tarde, encontraram Paolo Uccello morto de exaustão em seu catre. Seu rosto estava resplandecente de rugas. Seus olhos fitavam o mistério revelado. Segurava na mão estreitamente fechada um pequeno rolo de pergaminho coberto de entrelaços que iam do centro à circunferência e voltavam da circunferência ao centro.

NICOLAS LOYSELEUR JUIZ

Nasceu no dia da Assunção, e foi devoto da Virgem. Tinha o hábito de invocá-la em toda circunstância da vida e não podia escutar seu nome sem que seus olhos se enchessem de lágrimas. Após ter estudado num pequeno sótão da rua Saint-Jacques sob a férula de um magro clérigo, na companhia de três crianças que rezingavam o Donato[16] e os salmos da Penitência, estudou laboriosamente a Lógica de Occam.[17] Cedo tornou-se, assim, bacharel e mestre em artes. As veneráveis pessoas que o instruíam nele observaram uma grande doçura e uma unção encantadora. Tinha lábios polpudos dos quais deslizavam as palavras na adoração. Tão logo obteve seu bacharelado em teologia, a Igreja lhe prestou atenção. Oficiou de início na diocese do bispo de Beauvais, que reconheceu suas qualidades e se serviu dele para alertar os ingleses diante de Chartres das várias movimentações dos capitães franceses. Por volta de seus 35 anos, fizeram-no cônego da catedral de Rouen. Lá,

[16]Referência à *Ars grammatica* de Élio Donato, gramático latino do século IV.

[17]William de Ockham, ou Guilherme de Occam (1285–1347), filósofo escolástico inglês da ordem dos franciscanos.

MARCEL SCHWOB

foi bom amigo de Jean Bruillot, cônego e chantre, com o qual salmodiava belas litanias em honra de Maria.

Admoestava, às vezes, Nicole Coppequesne, que pertencia ao seu cabido, por sua lamentável predileção por santa Anastácia. Nicole Coppequesne não se cansava de admirar que uma moça tão recatada tivesse encantado um prefeito romano a ponto de o deixar, numa cozinha, apaixonado pelas marmitas e caldeirões que ele abraçava com fervor; tanto assim que, com o rosto todo enegrecido, passou a se parecer com um demônio. Mas Nicolas Loyseleur lhe mostrava que muito maior foi o poder de Maria quando devolveu à vida um monge afogado. Um monge lúbrico, mas que nunca se furtara a reverenciar a Virgem. Certa noite, levantando-se para ir cumprir suas más ações, teve o cuidado, ao passar diante do altar de Nossa Senhora, de fazer uma genuflexão e saudá-la. Naquela mesma noite, sua lubricidade o levou a afogar-se no rio. Mas os demônios não deram conta de carregá-lo e quando, no dia seguinte, os monges tiraram seu corpo da água, tornou a abrir os olhos, reanimado pela graciosa Maria. "Ah! esta devoção é um precioso remédio", suspirava o cônego, "e alguém venerável e discreto como você, Coppequesne, deveria sacrificar-lhe o amor por Anastácia."

A gentileza persuasiva de Nicolas Loyseleur não foi esquecida pelo bispo de Beauvais quando este começou a instruir, em Rouen, o processo de Joana, a Lorena. Nicolas vestiu roupas curtas, laicas e, a tonsura disfarçada por um capuz, fez-se introduzir na pequena cela circular, debaixo de uma escada, onde estava trancada a prisioneira.

VIDAS IMAGINÁRIAS

— Joana, menina — disse ele, postando-se na sombra —, creio é que santa Catarina que me traz até você.

— Quem é o senhor, em nome de Deus? — inquiriu Joana.

— Um pobre sapateiro de Greu — disse Nicolas —, da nossa terra, ai, tão sofrida; e os *Godon*[18] pegaram a mim como pegaram a você, minha filha. Oxalá fosse você do céu! Eu a conheço bem, vá; e muitas e muitas vezes a avistei quando vinha orar para a santíssima Mãe de Deus na igreja de Sainte-Marie de Bermont. E, tal como você, não raro assisti às missas do nosso bom cura, Guilherme Front. E você se recorda, ai, de Jean Moreau e Jean Barre de Neufchâteau? São meus camaradas.

Então Joana chorou.

— Joana, menina, confie em mim — disse Nicolas. — Ordenaram-me clérigo quando eu era criança. E, veja, cá está a tonsura. Confesse-se, minha filha, confesse-se com toda a liberdade, pois sou amigo de nosso gracioso rei Carlos.

— De bom grado me confessarei ao senhor, meu amigo — disse a boa Joana.

Ora, uma abertura fora praticada na muralha; e do lado de fora, sob um degrau da escada, Guilherme Manchon e Bois-Guillaume redigiam a minuta da confissão. E Nicolas Loyseleur dizia:

— Joana, menina, persista em suas palavras, e tenha coragem, os ingleses não ousarão lhe fazer mal algum.

---

[18]Godon, corruptela da blasfêmia inglesa *God damn me*, termo pejorativo, hoje em desuso, com que eram popularmente denominados na França os invasores ingleses durante a Guerra dos Cem Anos.

No dia seguinte, Joana compareceu perante os juízes. Nicolas Loyseleur postara-se com um tabelião no vão de uma janela, atrás de uma cortina de sarja, a fim de só mandar lavrar as imputações e deixar em branco as justificativas. Os outros dois escrivães, porém, reclamaram. Quando Nicolas reapareceu na sala, fez pequenos sinais a Joana para que ela não demonstrasse surpresa, e assistiu, severo, ao interrogatório.

Dia 9 de maio opinou, na ampla torre do castelo, que eram urgentes os suplícios.

Dia 12 de maio, os juízes se reuniram em casa do bispo de Beauvais para deliberar acerca da utilidade de se submeter Joana à tortura. Guilherme Erart julgava não ser preciso, já havendo, sem tortura, matéria suficiente. Mestre Nicolas Loyseleur afirmou que lhe parecia adequado, para a salvação de sua alma, ela ser submetida à tortura; mas seu conselho não prevaleceu.

Dia 24 de maio, Joana foi levada ao cemitério de Saint-Ouen, onde a fizeram subir num cadafalso de gesso. Lá deparou, ao seu lado, com Nicolas Loyseleur falando-lhe ao ouvido, enquanto Guilherme Erart lhe fazia a pregação. Quando ameaçada com o fogo, empalideceu; enquanto a amparava, o cônego piscou para os juízes e disse: "Ela há de abjurar". Ele conduziu sua mão para que marcasse com uma cruz e um círculo o pergaminho que lhe estenderam. Depois, acompanhou-a até uma portinhola rebaixada e lhe afagou os dedos:

— Joana, minha menina — disse ele —, você fez hoje um belo trabalho, benza-lhe Deus; você salvou sua alma. Confie em mim, Joana, porque se você quiser, será libertada. Receba suas roupas de mulher; faça o que

VIDAS IMAGINÁRIAS

lhe ordenarem; de outro modo estará correndo risco de vida. E se fizer o que lhe digo, há de ser salva, há de receber muito bem e mal nenhum; mas estará em poder da Igreja.

Naquele mesmo dia, depois do jantar, foi visitá-la em sua nova prisão. Era um quarto mediano do castelo, a que se chegava por oito degraus. Nicolas sentou-se na cama, junto à qual havia uma tora de madeira atada a uma corrente de ferro.

— Joana, menina — disse ele —, veja como Deus e Nossa Senhora lhe concederam neste dia uma grande misericórdia, ao acolhê-la na graça e misericórdia de nossa Santa Madre Igreja; terá de obedecer com muita humildade às sentenças e prescrições dos juízes e pessoas eclesiásticas, abandonar suas antigas fantasias e não retornar a elas, pois do contrário a Igreja irá abandoná-la para sempre. Tome, aqui estão roupas direitas de mulher recatada; Joana, menina, cuide bem delas; e mande depressa raspar este cabelo cortado em forma de rotunda.

Quatro dias depois, Nicolas esgueirou-se à noite até o quarto de Joana e roubou a blusa e a saia que lhe dera. Ao ser informado de que ela retomara suas roupas de homem:

— É uma pena — disse —, ela é relapsa e profundamente decaída no mal.

E na capela do arcebispado, repetiu as palavras do doutor Gilles de Duremort:

— A nós, juízes, só resta declarar Joana herética e abandoná-la à justiça secular, rogando-lhe que aja suavemente com ela.

MARCEL SCHWOB

Antes que a conduzissem ao triste cemitério, foi exortá-la em companhia de Jean Toutmouillé.

— Ó Joana, menina — disse ele —, não esconda mais a verdade; você não deve pensar agora senão na salvação de sua alma. Acredite em mim, minha filha: dentro em pouco, na assembleia, você irá se humilhar e fazer, de joelhos, sua confissão pública. Que seja pública, Joana, humilde e pública, para a salvação de sua alma.

E Joana rogou que ele a lembrasse de fazê-lo, temendo não ousar diante de tanta gente.

Ele ficou para vê-la queimar. Foi então que sua devoção à Virgem se manifestou de forma visível. Tão logo escutou os apelos de Joana a santa Maria, desatou num pranto sentido. A tal ponto o comovia o nome de Nossa Senhora. Os soldados ingleses, pensando que ele chorava de pena, esbofetearam-no e perseguiram-no de espada em riste. Não fosse o conde de Warwick estender a mão sobre ele, degolavam-no. A custo conseguiu montar num cavalo do conde, e fugiu.

Vagueou dias sem fim pelas estradas da França, não ousando voltar para a Normandia e temendo a gente do rei. Chegou, enfim, a Basileia. Sobre a ponte de madeira, entre as casas pontudas, cobertas com telhas de ogivas traçadas, e as guaritas azuis e amarelas, súbito sentiu-se ofuscado diante da luz do Reno; julgou estar se afogando, como o monge lúbrico, em meio à água verde que remoinhava em seus olhos; a palavra Maria ficou presa em sua garganta, e ele morreu num soluço.

KATHERINE, A RENDEIRA
MULHER AMANTE

Nasceu em meados do século quinze, na rua de la Parcheminerie, próxima à rua Saint-Jacques, num inverno em que fez tanto frio que os lobos correram em Paris sobre a neve. Recolheu-a uma velha mulher, de nariz vermelho sob o capuz, que a criou. E de início ela brincou sob os pórticos com Perrenette, Guillemette, Ysabeau e Jehanneton, que usavam pequenas cotas e mergulhavam nas valetas as mãozinhas vermelhas para apanhar pedaços de gelo. Também observavam os que lesavam os transeuntes no jogo de tabuleiro chamado Saint-Merry. E, nos alpendres, espiavam as tripas dentro das selhas, e as compridas salsichas balançantes e os enormes ganchos de ferro em que os açougueiros penduram as peças de carne. Nas proximidades de Saint-Benoît le Bétourné,[19] onde ficam os *scriptorium*, escutavam o ranger das penas, e ao entardecer, pelas frestas dos ateliês, sopravam as candeias na cara dos clérigos. Na Ponte Pequena, escarneciam das peixeiras e escapuliam ligeiro para a praça Maubert, escondiam-se nas esquinas da rua des Trois-Portes; então, sentadas à beira da fonte, tagarelavam até as brumas da noite.

Assim transcorreu a adolescência de Katherine, até que a velha lhe ensinasse a sentar-se diante de uma almofada de rendeira e entrecruzar pacientemente os fios de todos os carretéis. Mais tarde, fez da renda o seu ofício, tendo Jehanneton se tornado capuzeira, Perrenette, la-

---

[19]Capela construída no século VI em Paris, demolida em 1854 para dar lugar à universidade da Sorbonne.

MARCEL SCHWOB

vadeira, Ysabeau, luveira, e Gillemette, a mais ditosa, salsicheira, com um rostinho carmesim que reluzia como se o tivessem esfregado com sangue fresco de porco. Quanto aos que brincavam no bairro de Saint-Merry, enveredaram por outros caminhos; uns estudavam no Monte Sainte-Geneviève,[20] outros jogavam baralho na taberna Trou-Perrette, outros brindavam com vinho de Aunis na Pomme de Pin e outros tinham altercações no hotel da Gorda Margot, e eram vistos à hora do meio-dia na porta da taberna da rua dos Fèves, e à hora da meia-noite, saíam pela porta da rua dos Judeus. Quanto a Katherine, entrelaçava os fios de suas rendas, e nos entardeceres de verão tomava o sereno no banco da igreja, onde era permitido rir e tagarelar.

Katherine usava uma blusa de linho cru e uma sobreveste de cor verde; tinha loucura por adornos, e não havia nada que detestasse tanto como o barrete que assinala as moças que não são de nobre linhagem. Gostava igualmente das moedas de prata, brancas e, mais que nada, dos escudos de ouro. Foi o que a levou a se relacionar com Casin Cholet, sargento a pé do Châtelet; ele ganhava pouco com seu ofício. Ceou diversas vezes em sua companhia na estalagem da Mula, defronte à igreja des Mathurins; e, depois de cear, Casin Cholet ia apanhar galinhas no reverso dos fossos de Paris. Trazia-as debaixo de seu amplo tabardo e as vendia muito bem

---

[20]No Monte Sainte-Geneviève, situado no Quartier Latin de Paris, construíram-se ao longo de dois mil anos de história inúmeros edifícios, igrejas, abadias, universidades, entre os quais o Collège Sainte-Barbe, fundado em 1460 (fechado em 1999).

VIDAS IMAGINÁRIAS

para Machecroue, viúva de Arnoul, bonita vendedora de aves da porta do Petit-Châtelet.

Não demorou e Katherine largou seu ofício de rendeira: pois a velha de nariz vermelho apodrecia no Ossuário dos Inocentes. Casin Cholet encontrou para a amiga uma quartinho subterrâneo, perto da Trois-Pucelles, e ali vinha visitá-la ao entardecer. Ele não a proibia de se exibir à janela, os olhos escurecidos com carvão, as faces untadas de branco de chumbo; e todos os jarros, xícaras e pratos de frutas nos quais Katherine oferecia de comer e beber a todos que pagassem bem haviam sido roubados no Chaire, ou no Cygnes, ou no hotel do Plat d'Étain. Casin Cholet sumiu certo dia depois de empenhar o vestido e o semicorpete de Katherine na Trois-Lavandières. Disseram seus amigos à rendeira que ele fora espancado no fundo de uma charrete e expulso de Paris, a mando do preboste, pela porta Baudoyer. Nunca mais tornou a vê-lo; e sozinha, sem ânimo para ganhar dinheiro, tornou-se mulher amante, residindo em todo lugar.

De início, esperava à porta das estalagens; e aqueles que a conheciam a levavam para trás dos muros, debaixo do Châtelet ou junto ao colégio de Navarra; depois, quando o frio se fez demasiado, uma velha complacente deixou que entrasse nos banhos, onde a patroa lhe deu abrigo. Ali viveu num quarto de pedra atapetado de juncos verdes. Mantiveram seu nome de Katherine, a rendeira, embora ali não fizesse rendas. Davam-lhe, às vezes, a liberdade de passear pelas ruas, com a condição de estar de volta à hora em que as pessoas costumam ir aos banhos. E Katherine vagava frente aos ateliês da

MARCEL SCHWOB

luveira e da capuzeira, e não raro se demorou a invejar o rosto sanguíneo da salsicheira, rindo em meio a suas carnes de porco. Depois voltava aos banhos públicos, que a patroa alumiava ao crepúsculo com candeias que ardiam vermelhas e derretiam pesadamente por detrás das negras vidraças.

Katherine por fim se cansou de viver encerrada num quarto quadrado; fugiu para as estradas. E, desde então, deixou de ser parisiense, ou rendeira; foi como aquelas que rondam os arredores das cidades francesas, sentadas nas pedras dos cemitérios, para dar prazer aos que passam. Essas meninas não têm outro nome se não aquele que combina com sua imagem, e Katherine recebeu o nome de Focinho. Andava pelos prados e, ao entardecer, ficava à espreita à beira dos caminhos, e se avistava o seu vulto branco entre as amoreiras das sebes. Focinho aprendeu a suportar o medo noturno em meio aos mortos, quando seus pés tiritavam ao roçar os túmulos. Já não havia moedas de prata, nem escudos de ouro; vivia pobremente de pão e queijo, e de uma tigela d'água. Teve amigos miseráveis que lhe sussurravam de longe: "Focinho! Focinho!", e os amou.

A tristeza maior era escutar os sinos de igrejas e capelas; pois Focinho recordava as noites de junho em que se sentava, de sobreveste verde, nos bancos dos pórticos santos. Era no tempo em que invejava os atavios das donzelas; já não lhe restava agora nem barrete, nem capuz. Cabeça descoberta, esperava por seu pão, encostada a uma laje dura. E sentia falta, em meio à noite do cemitério, das candeias vermelhas dos banhos públicos, e dos juncos verdes do quarto quadrado em lugar da lama pastosa em que seus pés afundavam.

Certa noite, um rufião se passando por homem de guerra cortou o pescoço de Focinho para lhe tomar seu cinturão. Dentro dele, porém, não encontrou bolsa nenhuma.

ALAIN O GENTIL SOLDADO

Serviu o rei Carlos VII, como arqueiro, desde os doze anos, tendo sido raptado por homens de guerra na plana região da Normandia. Eis a maneira como foi raptado. Enquanto eram incendiadas as granjas, laceradas a golpes de adaga as pernas dos lavradores, e jogadas as meninas sobre camas de lona, quebradas, o pequeno Alain se acaçapara numa velha pipa de vinho à entrada do lagar. Os homens de guerra derrubaram a pipa e encontraram um rapazinho. Carregaram-no junto com sua blusa e saiote. O capitão mandou que lhe dessem um pequeno gibão de couro e um velho capuz remanescente da batalha de Saint-Jacques. Perrin Godin o ensinou a atirar com o arco e a acertar a seta da besta no alvo. Foi de Bordeaux para Angoulême e de Poitou para Bourges, viu Saint-Pourçain, onde ficava o rei, cruzou as fronteiras da Lorena, visitou Toul, voltou para a Picardia, entrou em Flandres, cruzou Saint-Quentin, quebrou para a Normandia, e durante vinte e três anos percorreu a França em companhia armada, vindo a conhecer o inglês Jehan Poule-Cras, que lhe ensinou como jurar por *Godon*, Chiquerello, o lombardo, que lhe ensi-

MARCEL SCHWOB

nou a curar o fogo de Santo Antônio, e a jovem Ydre de 115
Laon, que lhe mostrou como baixar as bragas.

Em Ponteau de Mer, seu companheiro Bernard d'Anglades o convenceu a se afastar da ordenança real, garantindo que os dois viveriam à larga enganando os tolos com dados viciados, ditos "canhestros". Assim fizeram, sem se desfazerem de seus aparatos, e junto aos muros do cemitério, fingiam jogar sobre um tamboril roubado. Um mau sargento do vicariato, Pierre Empongnart, fez com que lhe mostrassem as sutilezas de seu jogo e avisou que não tardariam a ser pegos; e que então deveriam descaradamente jurar que eram clérigos, de modo a se safar dos homens do rei e clamar pela justiça da Igreja e, para tanto, tinham de raspar rente o topo da cabeça e deitar fora prontamente, em caso de necessidade, suas golas rasgadas e mangas de cor. Ele próprio os tonsurou com tesouras consagradas e os fez resmonear os sete Salmos e o versículo *Dominus pars*. Então, foi cada um para o seu lado, Bernard com Bietrix a chaveira, e Alain com Lorenette, a cirieira.

Como Lorenette desejasse uma sobreveste de tecido verde, Alain espiou a taberna do Cavalo Branco, em Lisieux, onde beberam um cântaro de vinho. À noite, voltou ao jardim, com sua azagaia abriu um buraco na parede e entrou na sala, onde encontrou sete tigelas de estanho, um capuz vermelho e uma vergasta de ouro. Jaquet o Grande, comerciante de roupas usadas de Lisieux, trocou-os proveitosamente por uma sobreveste como Lorenette desejava.

Em Bayeux, Lorenette morou numa casinha pintada, onde segundo se dizia, ficavam os banhos das mulheres,

VIDAS IMAGINÁRIAS

e a patroa apenas riu quando Alain o Gentil quis retomá-la. Acompanhou-o até a porta, candeia em punho e na outra mão uma pedra graúda, perguntando se ele acaso queria que ela lhe esfregasse a pedra na cara para ver se ele fazia careta. Alain fugiu, derrubando a candeia, arrancando da mão da mulher o que lhe pareceu ser uma vergasta preciosa: mas era de cobre sobredourado, com uma grande pedra rosa falsa.

Então Alain saiu vagamundeando, e em Maubusson, na estalagem do Papegaut, topou com Karandas, seu companheiro de armas, comendo tripas com outro homem chamado Jehan o Pequeno. Karandas ainda carregava sua partasana, e Jehan Pequeno levava suas agulhetas numa bolsa pendurada no cinto. O mordente do cinto era de prata fina. Depois de beber, delibera-ram os três ir pelo bosque até Senlis. Ao entardecer, puseram-se a caminho, e estavam em plena floresta, sem luz, quando Alain o Gentil começou a manque-jar. Jehan o Pequeno ia na frente. E no escuro, Alain arremessou-lhe a azagaia nas escápulas, enquanto Ka-randas lhe abateu a partasana na cabeça. Caiu de bru-ços e Alain, se escarranchando sobre ele, abriu-lhe de ponta a ponta a garganta com a adaga. Encheram en-tão seu pescoço com folhas secas, para que não ficasse uma poça de sangue no caminho. A lua surgiu numa clareira: Alain cortou o mordente do cinto, e desatou as agulhetas da bolsa na qual havia dezesseis leões de ouro e trinta e seis *patards*.[21] Guardou os leões e, com

---

[21]Leão: moeda vigente durante o reinado de Francisco I, que trazia a efígie deste animal. *Patard*: moedinha com valor de dois soldos que circulava na França do século XI.

a azagaia em riste jogou para Karandas, como paga, a bolsa com as moedinhas. Ali se separaram, no meio da clareira, Karandas praguejando algo sobre o sangue de Deus.

Alain o Gentil não se atreveu a ir a Senlis e voltou, por meio de atalhos, à cidade de Rouen. Ao despertar de uma noite de sono sob uma sebe florida, viu-se cercado por homens cavaleiros que lhe ataram as mãos e o conduziram às prisões. Próximo à entrada, esgueirou-se atrás da garupa de um cavalo e correu para a igreja de Saint-Patrice, refugiando-se junto ao altar-mor. Os sargentos não podiam transpor o pórtico. Alain, em imunidade, andou livremente pela nave e pelos coros, avistou belos cálices de rico metal e galhetas boas de fundir. Na noite seguinte, teve a companhia de Denisot e Marignon, larápios como ele. Marignon tinha uma orelha cortada. Não tinham o que comer. Invejaram os camundongos vadios que se aninhavam entre as lajes e engordavam rilhando migalhas do pão sagrado. Na terceira noite, tiveram de sair, com a fome entre os dentes. Foram apanhados pelos homens de justiça, e Alain, que se declarou clérigo, esqueceu-se de arrancar fora as mangas verdes.

Logo pediu para ir ao retrete, descosturou o gibão e enfiou as mangas na imundície; mas os homens do cárcere alertaram o preboste. Um barbeiro veio raspar por completo a cabeça de Alain o Gentil, para apagar sua tonsura. Os juízes se riram do pobre latim de seus salmos. Em vão jurou ter sido, com um sopapo, crismado por um bispo aos dez anos de idade: não logrou recitar o *pater nostre*. Foi posto na tortura como leigo,

VIDAS IMAGINÁRIAS

no cavalete pequeno, e depois no grande. No fogo das cozinhas da prisão, declarou seus crimes, os membros desvairados pelo estiramento das cordas e a garganta rebentada. O lugar-tenente do preboste pronunciou a sentença. Foi amarrado à carreta, arrastado ao cadafalso e enforcado. Seu corpo crestou-se ao sol. O carrasco pegou seu gibão, suas mangas descosturadas, e um belo capuz de pano fino, forrado com pele de esquilo, que ele havia roubado numa boa estalagem.

GABRIEL SPENSER ATOR

Sua mãe foi uma rameira, chamada Flum, que mantinha uma pequena sala subterrânea nos fundos de Rotten-row, em Picked-hatch. Um capitão com os dedos pesados de anéis de cobre, e dois galantes, vestidos com gibões folgados, vinham visitá-la depois do jantar. Ela alojava três moçoilas, cujos nomes eram Poll, Doll e Moll e não suportavam o cheiro do fumo. Assim, subiam seguidamente para a cama, e cavalheiros educados as acompanhavam depois de tê-las feito beber um copo de vinho da Espanha morno a fim de dissipar o fumo dos cachimbos. O pequeno Gabriel ficava agachado sob pano da lareira, vendo assarem as batatas jogadas nos canecos de cerveja. Vinham também atores, das mais diversas aparências. Não ousavam aparecer nas grandes tabernas frequentadas pelas companhias subsidiadas. Alguns falavam em estilo de fanfarronada; outros tartamudeavam como idiotas. Afagavam Gabriel, que com eles aprendeu versos esparsos de tragédias e rústicas brincadeiras de palco. Ganhou um pedaço de pano car-

MARCEL SCHWOB

mesim, de franja desdourada, uma máscara de veludo e um velho punhal de pau. Assim se pavoneava sozinho frente ao átrio, brandindo um tição como se fora um archote, e Flum, sua mãe, balançava o queixo triplo de admiração por seu filho precoce.

Os atores o levaram ao Rideau Vert, no Shoreditch, onde ele estremeceu ante os acessos de raiva do pequeno ator que escumava aos berros no papel de Jeronymo. Também estava ali o velho rei Leir, com sua barba branca rasgada, ajoelhando-se para pedir perdão à sua filha Cordélia; um palhaço imitava as loucuras de Tarleton, e outro, envolto num lençol, aterrorizava o príncipe Amlet. Sir John Oldcastle fazia todo o mundo rir com seu barrigão, principalmente quando enlaçava a cintura da hospedeira, que lhe permitia amassar a ponta de sua touca e deslizar os dedos na bolsinha de tarlatana que trazia presa ao cinto. O Louco cantava canções que o Bobo nunca entendia, e a todo instante um palhaço de touca de algodão apontava a cabeça por um rasgo da cortina, no fundo do tablado, e fazia caretas. Havia ainda um malabarista com macacos e um homem vestido de mulher que, na ideia de Gabriel, parecia-se com Flum, sua mãe. No fim da peça, os sacristãos lhe serviam um vinho zurrapa e gritavam que iam levá-lo para Bridewell.[22]

Estava Gabriel com quinze anos quando os atores do Rideau Vert repararam que ele era bonito e delicado e poderia fazer os papéis de mulheres e moças. Flum

---

[22]Palácio construído como residência de Henrique VIII, doado em 1553 à cidade de Londres para servir de abrigo a crianças de rua e mulheres desordeiras. Em 1556, foi transformado em prisão.

VIDAS IMAGINÁRIAS

penteava seus cabelos pretos jogados para trás; tinha a pele muito fina, olhos grandes, sobrancelhas altas, e Flum furara-lhe as orelhas para pendurar dois pares de pérolas falsas. Ele então ingressou na companhia do duque de Nottingham, e confeccionaram para ele vestidos de tafetá e damasco com lantejoulas, de pano de prata e pano de ouro, corpetes laçados e perucas de cânhamo com cachos compridos. Ensinaram-no a pintar-se na sala dos ensaios. De início, corava ao subir no palco; depois fazia trejeitos respondendo aos galanteios. Poll, Doll e Moll, trazidas por Flum, muito atarefada, declararam com risadas que estava uma perfeita mulher e quiseram desenlaçar-lhe o corpete após a peça. Levaram-no de volta a Picked-hatch, e sua mãe pediu que usasse um de seus vestidos para mostrá-lo ao capitão, o qual, por pilhéria, lhe disse mil galanteios e fez que lhe enfiava no dedo um anel grosseiro, sobredourado, com um falso rubi incrustado.

Os melhores companheiros de Gabriel Spenser eram William Bird, Edward Juby e os dois Jeffes. Estes resolveram, certo verão, se apresentar com atores errantes nos burgos do interior. Viajavam num carro coberto com uma lona, no qual dormiam à noite. Certa noite, na estrada de Hammersmith, viram surgir de um barranco um homem apontando o cano de uma pistola.

— Seu dinheiro! — disse ele. — Sou Gamaliel Ratsey, salteador pela graça de Deus, e não gosto de esperar.

Ao que os dois Jeffes responderam, gemendo:

— Não temos dinheiro, Vossa Graça, só essas lantejoulas de cobre e essas peças de bijuteria pintadas, e somos pobres atores errantes tal como Vossa Senhoria.

— Atores? — exclamou Gamaliel Ratsey. — Está aí algo admirável. Não sou saqueador nem patife, e sou amigo do espetáculo. Não fosse um certo respeito que nutro pelo velho Derrick,[23] que saberia me arrastar até a escada e me fazer bambolear a cabeça, nunca sairia da beira do rio, e das alegres tabernas onde vocês, cavalheiros, costumam exibir tanto espírito. Sejam então bem-vindos. A noite está linda. Montem seu tablado e encenem para mim seu melhor espetáculo. Gamaliel Ratsey vai assisti-los. Isto não é comum. Poderão contar o fato por aí.

— Vamos precisar de luz — disseram timidamente os dois Jeffes.

— Luz? — disse nobremente Gamaliel — Estão me falando em luz? Sou aqui o rei Gamaliel, como Elizabeth é rainha na cidade. E vos tratarei como rei. Aqui estão quarenta shillings.

Os atores desceram, tremendo.

— Para deleite de Vossa Majestade — disse Bird —, o que devemos encenar?

Gamaliel refletiu, e olhou para Gabriel.

— Ora — disse ele —, uma linda peça para esta donzela, e bem melancólica. Ela deve ficar encantadora de Ofélia. Há flores de dedaleira aqui perto; legítimos dedos da morte. Amlet, é isso que quero. Gosto dos humores desta composição. Se eu não fosse Gamaliel, de bom grado faria o papel de Amlet. Vamos, e não

[23]Thomas Derrick, conhecido carrasco inglês do século XVII, que executou mais de três mil pessoas. Inventou um sistema de polias que modernizou a antiga forca, à qual seu nome ficou desde então associado.

VIDAS IMAGINÁRIAS

errem seus passes de esgrima, meus excelentes troianos, meus valentes coríntios!

Acenderam as lanternas. Gamaliel assistiu o drama com atenção. Ao final, disse a Gabriel Spenser:

— Bela Ofélia, dispenso-a do cumprimento. Podem partir, atores do rei Gamaliel. Sua Majestade está satisfeita.

Em seguida se esvaneceu na escuridão.

Quando, chegada a aurora, o carro se punha em movimento, viram-no mais uma vez a barrar o caminho, pistola em punho.

— Gamaliel Ratsey, salteador — disse ele —, veio recuperar os quarenta shillings do rei Gamaliel. Vamos, depressa. Obrigado pelo espetáculo. Os humores de Amlet de fato me agradam infinitamente. Bela Ofélia, aceite minhas saudações.

Os dois Jeffes, que guardavam o dinheiro, devolveram-no por força. Gamaliel saudou e partiu a galope.

Depois dessa aventura, a trupe voltou para Londres. Contaram que um ladrão quase raptara Ofélia de vestido e peruca. Uma mulher chamada Pat King, que vinha seguindo ao Rideau Vert, declarou que isto não a surpreendia. Era corpulenta, tinha cintura redonda. Flum a convidou para que conhecesse Gabriel. Ela o achou bonitinho e o beijou carinhosamente. Depois, voltou várias vezes. Pat era amiga de um tijoleiro, entediado com seu ofício, que nutria a ambição de atuar no Rideau Vert. Chamava-se Ben Jonson, e tinha muito orgulho de sua educação, sendo letrado e tendo algumas noções de latim. Era um homem alto e forte, com marcas de escrófulas e cujo olho direito era mais alto que o esquerdo. Tinha a voz forte e troante. Aquele colosso tinha sido soldado nos Países Baixos. Seguiu Pat King, agarrou Gabriel pela pele do pescoço e o arrastou até os campos de Hoxton, onde o pobre Gabriel teve de enfrentá-lo, espada na mão. Flum lhe passara secretamente uma lâmina dez polegadas maior. A lâmina penetrou no braço de Ben Jonson. Gabriel teve o pulmão transpassado. Morreu ali na relva. Flum correu a buscar os oficiais de polícia. Levaram Ben Jonson, blasfemando, para Newgate. Flum tinha esperança de que ele fosse enforcado. Mas ele recitou os salmos em latim, mostrou que era letrado, e marcaram-lhe simplesmente a mão com ferro em brasa.

POCAHONTAS PRINCESA

Pocahontas era filha do rei Powhatan, que se assentava num trono feito à maneira de um leito, vestindo uma longa túnica costurada com peles de ratinhos, com as caudas todas pendentes. Foi criada numa casa forrada com esteiras, entre sacerdotes e mulheres que tinham a cabeça e os ombros pintados de vermelho vivo e a entretinham com argolas de cobre e sininhos de serpentes. Namontak, um servo fiel, velava pela princesa e organizava suas brincadeiras. Levavam-na às vezes até a floresta, junto ao grande rio Rappahanok, e trinta virgens nuas dançavam para distraí-la. Eram pintadas com cores diversas e cingidas com folhas verdes, levavam na cabeça chifres de bode, na cintura uma pele de lontra e, brandindo clavas, pulavam ao redor de uma fogueira

VIDAS IMAGINÁRIAS

crepitante. Finda a dança, dispersavam as chamas e reconduziam a princesa para casa à luz dos tições.

No ano de 1607, a terra de Pocahontas foi perturbada pelos europeus. Fidalgos desbancados, escroques e caçadores de ouro atracaram no rio de Potomac e erigiram cabanas de madeira. Deram às cabanas o nome de Jamestown, e chamaram Virgínia a sua colônia. A Virgínia não passava, naqueles anos, de um pequeno e mísero forte construído na baía de Chesapeake, no meio dos domínios do grande rei Powhatan. Os colonos elegeram para presidente o capitão John Smith, que outrora se aventurara até a terra dos turcos. Perambulavam pelas rochas e viviam de mariscos e do pouco trigo rijo que conseguiam angariar no tráfico com os indígenas.

De início, foram recebidos com grande cerimônia. Um sacerdote selvagem, cabelos presos cingidos por uma coroa de pelo de gamo tinta de vermelho e aberta como uma rosa, veio tocar diante deles uma flauta de junco. Seu corpo era pintado de carmim, seu rosto de azul; tinha a pele salpicada de lantejoulas de prata nativa. Assim, semblante impassível, sentou-se numa esteira e fumou seu cachimbo de tabaco.

A seguir, homens se perfilaram em formação quadrada, pintados de preto, vermelho e branco, alguns de meias-cores, cantando e dançando diante de Oki, seu ídolo, feito de peles de serpentes enchidas com musgo e ornadas com correntes de cobre.

Mas, poucos dias depois, quando explorava o rio numa canoa, o capitão Smith foi subitamente assaltado e amarrado. Levaram-no em meio a gritos terríveis para uma casa comprida onde foi vigiado por quarenta selvagens. Os sacerdotes, com seus olhos pintados de vermelho e corpos pretos rasgados por grandes riscos brancos, circundaram duas vezes o fogo da casa de guarda com um rastro de farinha e grãos de trigo. John Smith foi então levado até a choupana do rei. Powhatan vestia seu traje de peles e os que o rodeavam tinham os cabelos ornados com penugem de pássaros. Uma mulher trouxe água ao capitão para lavar-lhe as mãos, e outra enxugou-as com um chumaço de penas. Dois gigantes vermelhos, entretanto, depositaram duas pedras chatas aos pés de Powhatan. O rei ergueu a mão, indicando que John Smith seria deitado naquelas pedras, e sua cabeça, esmagada a golpes de clava.

Pocahontas tinha apenas doze anos e apontava timidamente o rosto entre os conselheiros lambuzados. Ela gemeu, correu para o capitão e encostou a cabeça em sua face. John Smith tinha vinte e nove anos. Usava grandes bigodes retos, a barba em leque, e seu perfil era aquilino. Disseram-lhe que o nome da menina do rei, que lhe salvava a vida, era Pocahontas. Mas esse não era seu nome verdadeiro. O rei Powhatan concluiu a paz com John Smith e o deixou ir em liberdade.

Um ano mais tarde, o capitão Smith acampava com sua tropa na floresta fluvial. Era uma noite densa; uma chuva penetrante abafava qualquer ruído. Súbito, Pocahontas tocou o ombro do capitão. Atravessara, sozinha, as trevas terríveis da mata. Sussurrou-lhe que seu pai tencionava atacar os ingleses e matá-los quando estivessem jantando. Rogou-lhe que fugisse, caso quisesse viver. O capitão lhe ofereceu fitas e vidrarias; ela, po-

VIDAS IMAGINÁRIAS

rém, chorou e respondeu que não ousava. E escapuliu, sozinha, floresta adentro.

No ano seguinte, o capitão Smith caiu em desgraça junto aos colonos e, em 1609, foi embarcado para a Inglaterra. Lá, escreveu livros sobre a Virgínia, nos quais explicava a situação dos colonos e relatava suas aventuras. Por volta de 1612, um certo capitão Argall, indo fazer comércio com os Potomac (que eram o povo do rei Powhatan), raptou de surpresa a princesa Pocahontas e prendeu-a em seu navio como refém. O rei, seu pai, se indignou; mas ela não lhe foi devolvida. Languesceu, assim, prisioneira, até o dia em que um fidalgo bem apessoado, John Rolfe, apaixonou-se por ela e a desposou. O casamento realizou-se em abril de 1613. Dizem que Pocahontas confessou seu amor a um de seus irmãos, que foi visitá-la. Ela chegou no mês de junho de 1616 à Inglaterra, onde se fez, entre as pessoas da sociedade, uma grande curiosidade por visitá-la. A boa rainha Ana acolheu-a ternamente e mandou gravar um retrato seu.

O capitão John Smith, que estava para voltar à Virgínia, veio prestar-lhe cumprimentos antes de embarcar. Não a via desde 1608. Ela estava com vinte e dois anos. Quando ele entrou, ela virou a cabeça e escondeu o rosto, sem responder nem ao marido, nem aos amigos, e se quedou sozinha durante duas, três horas. Então mandou chamar o capitão. Levantou os olhos e disse-lhe:

— O senhor prometeu a Powhatan que aquilo que fosse seu seria dele, e ele fez o mesmo; quando estrangeiro em sua pátria, o senhor o chamava de *pai*; sendo estrangeira na sua, assim é que vou chamá-lo.

O capitão Smith escusou-se, alegando que ela era filha de um rei.

Ela prosseguiu:

— O senhor não temeu ir à terra de meu pai, e o assustou, a ele e a toda a sua gente, exceto a mim: vai temer, então, que eu aqui o chame de *meu pai*? Eu lhe direi *meu pai* e o senhor me dirá *minha filha*, e serei para sempre da mesma pátria que o senhor... Lá, haviam me dito que o senhor estava morto...

E segredou a John Smith que seu nome era Matoaka. Os índios, temendo que se apossassem dela por algum malefício, tinham fornecido aos estrangeiros o falso nome de Pocahontas.

John Smith partiu para a Virgínia e nunca tornou a ver Matoaka. Ela adoeceu em Gravesend no início do ano seguinte, empalideceu e morreu. Ainda não tinha vinte e três anos.

No exergo de seu retrato consta a inscrição: *Matoaka alias Rebecca filia potentissimi principis Powhatani imperatoris Virginae*. Nele a pobre Matoaka usava um chapéu de feltro alto, com duas grinaldas de pérolas; um cabeção de renda engomada, e segurava um leque de plumas. Tinha o rosto emagrecido, as faces encovadas e imensos olhos doces.

CYRIL TOURNEUR POETA TRÁGICO

Cyril Tourneur nasceu da união entre um deus desconhecido e uma prostituta. Tem-se a prova de sua

VIDAS IMAGINÁRIAS

origem divina no ateísmo heroico sob o qual sucumbiu. Sua mãe transmitiu-lhe o instinto da revolução e da luxúria, o medo da morte, o frêmito da volúpia e o ódio pelos reis; do pai, herdou o gosto de se coroar, o orgulho de reinar e a alegria de criar; ambos lhe deram o amor pela noite, pela luz vermelha e pelo sangue.

Ignora-se a data de seu nascimento; mas ele surgiu num dia escuro, num ano pestilencial.

Nenhuma proteção celeste zelou pela moça apaixonada que ficou grávida de um deus, já que seu corpo apareceu manchado de peste alguns dias antes de ela parir, e a porta de sua casinha foi marcada com uma cruz vermelha. Cyril Tourneur veio ao mundo ao som do sino do sepultador dos mortos; e assim como seu pai sumira no céu comum aos deuses, uma carreta verde transportou sua mãe para a fossa comum dos homens. Contam que as trevas eram tão profundas que o sepultador teve de alumiar a entrada da casa pestilenta com uma tocha de resina; outro cronista afirma que a névoa sobre o Tâmisa (em que mergulhava a base da casa) se raiou de escarlate, e que da goela do sino de chamada irrompeu a voz dos cinocéfalos; por fim, parece não haver dúvida de que uma estrela flamejante e furiosa manifestou-se acima do triângulo do teto, toda de raios fuliginosos, tortos, mal atados, e que o menino recém-nascido mostrou-lhe o punho por uma lucarna enquanto ela sacudia sobre ele seus cachos informes de fogo. Assim ingressou Cyril Tourneur na vasta concavidade da noite ciméria.[24]

[24]Referência aos versos de Homero (*Odisseia* XI, 14): "Nessa

MARCEL SCHWOB

Não há como descobrir o que ele fez ou pensou até a idade de trinta anos, quais foram os sintomas de sua divindade latente, como se convenceu da própria realeza. Um registro obscuro e assustado traz a lista de suas blasfêmias. Afirmava que Moisés não passara de um malabarista e que um certo Erioto era mais hábil que ele. Que o princípio primeiro da religião não era mais que manter os homens no terror. Que Cristo merecia mais a morte que Barrabás, muito embora Barrabás fosse ladrão e assassino. Que se acaso empreendesse escrever uma nova religião, ele a fundamentaria em método mais excelente e admirável, e que o Novo Testamento tinha um estilo repulsivo. Que tinha tanto direito de cunhar moedas quanto a rainha da Inglaterra, e que conhecia um certo Poole, prisioneiro em Newgate, muito entendido na mescla dos metais, com cuja ajuda tencionava um dia amoedar o ouro com sua própria imagem. Uma alma pia riscou, no pergaminho, outras afirmações mais terríveis.

Tais palavras, porém, foram recolhidas por uma pessoa vulgar. Os gestos de Cyril Tourneur indicam um ateísmo mais vingativo. É representado vestindo uma longa túnica preta, trazendo na cabeça uma gloriosa coroa de doze estrelas, com o pé sobre o globo celeste, erguendo o globo terrestre na mão direita. Ele percorria as ruas nas noites de peste e tempestade. Era pálido como os círios consagrados e seus olhos luziam baçamente como os incensórios. Afirmam alguns que

paragem se encontra a cidade dos homens cimérios, que se acham sempre envolvidos por nuvens e brumas espessas".

VIDAS IMAGINÁRIAS

tinha marcado no flanco direito um sinete extraordinário; mas não foi possível verificá-lo após sua morte, pois ninguém viu seus despojos.

Tomou por amante uma prostituta do Bankside, que frequentava as ruas de beira d'água, e amou-a exclusivamente. Era ela muito jovem, e seu semblante, inocente e loiro. Os rubores nele surgiam como chamas vacilantes. Cyril Tourneur deu-lhe o nome de Rosamunda, e teve dela uma filha que amou. Rosamunda morreu tragicamente, depois de ser notada por um príncipe. Sabe-se que bebeu em taça transparente um veneno cor de esmeralda.

Foi então que na alma de Cyril a vingança veio mesclar-se ao orgulho. Noturno, ele percorreu o passeio público, ao longo de todo o cortejo real, chacoalhando na mão uma tocha inflamada, de modo a iluminar o príncipe envenenador. O ódio a toda autoridade subiu-lhe até a boca e as mãos. Tornou-se espião de estrada, não para roubar, e sim para assassinar os reis. Os príncipes que desapareceram naqueles tempos foram iluminados pela tocha de Cyril Tourneur e mortos por ele.

Emboscava-se nos caminhos da rainha, próximo aos poços de saibro e fornos de cal. Escolhia sua vítima em meio à tropa, oferecia-se para alumiar seus passos entre os atoleiros, conduzia-a até a boca do poço, apagava a tocha e empurrava. Chovia o saibro depois da queda. Em seguida, debruçado na borda, Cyril derrubava duas pedras enormes para esmagar os gritos. E pelo resto da noite velava o cadáver que se consumia na cal, próximo ao forno vermelho escuro.

MARCEL SCHWOB

Quando saciou seu ódio aos reis, Cyril Tourneur foi tomado pelo ódio aos deuses. O impulso divino que trazia em si o incitou a criar. Refletiu que poderia fundar uma geração de seu próprio sangue, e propagar-se feito deus sobre a terra. Olhou para a sua filha, achou-a virgem e desejável. Para cumprir seu intento à face dos céus, não encontrou lugar mais significativo que um cemitério. Jurou afrontar a morte e criar uma nova humanidade em meio à destruição determinada por ordens divinas. Cercado de velhos ossos, quis gerar ossos jovens. Cyril Tourneur possuiu sua filha sobre o tampo de um ossuário.

O final de sua vida se perde num refulgir obscuro. Não se sabe por que mãos nos foi transmitida a *Tragédia do ateu* e a *Tragédia do vingador*. Uma tradição afirma que o orgulho de Cyril Tourneur cresceu ainda mais. Mandou erguer um trono em seu jardim sombrio, e costumava sentar-se ali, coroado de ouro, sob o relâmpago. Muitos foram os que o viram e fugiram, aterrorizados pelas longas faíscas azuladas que esvoaçavam sobre sua cabeça. Lia um manuscrito dos poemas de Empédocles, que ninguém mais viu desde então. Expressou amiúde sua admiração pela morte de Empédocles. E o ano em que ele desapareceu foi novamente pestilento. O povo de Londres se refugiara nas barcas ancoradas no meio do Tâmisa. Um meteoro assustador deslocou-se sob a lua. Era um globo de fogo branco, movido por sinistra rotação. Rumou para a casa de Cyril Tourneur, que pareceu pintada por reflexos metálicos. O homem vestido de preto e coroado de ouro aguardava, em seu trono, a vinda do meteoro. Houve, como antes das batalhas

VIDAS IMAGINÁRIAS

teatrais, um melancólico alarme de trombetas. Cyril Tourneur foi envolto num clarão de sangue rosa volatilizado. Como no teatro, trombetas erguidas na noite soaram uma fúnebre fanfarra. Assim foi Cyril Tourneur lançado a um deus desconhecido no taciturno remoinho do céu.

WILLIAM PHIPS PESCADOR DE TESOUROS

William Phips nasceu em 1651 perto da embocadura do rio Kennebec, entre as florestas fluviais onde os construtores de navios vinham buscar sua madeira. Numa pobre aldeia do Maine ele sonhou, pela primeira vez, uma aventurosa fortuna, ao contemplar a feitura das tábuas marinhas. A incerta claridade do oceano que bate na Nova Inglaterra trouxe o cintilar do ouro afogado e da prata abafada sob as areias. Acreditou na riqueza do mar e desejou obtê-la. Aprendeu a construir barcos, angariou alguma fortuna e se foi para Boston. Tão forte era a sua fé que repetia: "Ainda hei de comandar uma nau do Rei e ter uma bela casa de tijolos em Boston, na Avenida Verde".

Naquele tempo jaziam no fundo do Atlântico muitos galeões espanhóis carregados de ouro. Tal boato enchia a alma de William Phips. Soube que uma nau enorme afundara próximo ao Porto de la Plata; reuniu tudo o que possuía e partiu para Londres a fim de equipar um navio. Assediou o Almirantado com petições e memorandos. Deram-lhe o *Rose d'Alger*, que portava dezoito canhões e, em 1687, fez-se à vela rumo ao desconhecido. Tinha trinta e seis anos.

Noventa e cinco homens partiam a bordo do *Rose d'Alger*, entre os quais um mestre, Adderley, de Providence. Quando souberam que Phips rumava para Hispaniola,[25] não cabiam em si de alegria. Pois Hispaniola era a ilha dos piratas, e o *Rose d'Alger* parecia ser um bom navio. Num primeiro momento, num lugar arenoso do arquipélago, reuniram-se em assembleia para se sagrarem cavaleiros da fortuna. Phips, à proa do *Rose d'Alger*, espiava o mar. Havia, porém uma avaria na carena. Enquanto o carpinteiro a consertava, escutou o complô. Acorreu à cabine do capitão. Phips ordenou-lhe que carregasse os canhões, apontou-os para a tripulação sublevada em terra, deixou todos os homens "rebeldes" naquele retiro deserto, e tornou a partir com alguns marujos dedicados. O mestre de Providence, Adderley, voltou a nado para o *Rose d'Alger*. Chegaram na Hispaniola por um mar calmo, sob um sol ardente. Phips indagou por todas as praias a respeito da nau que soçobrara mais de meio século atrás, à vista do Porto de la Plata. Um velho espanhol ainda se lembrava e apontou para o recife. Era um escolho comprido, arredondado, cujos declives sumiam na água clara até o mais fundo tremor. Adderley, debruçado sobre o filerete, ria ao fitar os redemoinhos miúdos das ondas. O *Rose d'Alger* deu lentamente a volta no recife e os homens todos examinaram em vão o mar transparente. Phips batia o pé no castelo de proa, entre as dragas e os ganchos. O *Rose d'Alger* deu mais uma vez a volta no recife, e

[25]Ilha do Caribe em que se situam a República do Haiti e a República Dominicana.

VIDAS IMAGINÁRIAS

sempre o solo parecia igual, com sulcos concêntricos de areia úmida e buquês de algas inclinadas tremulando na correnteza. Quando o *Rose d'Alger* iniciou sua terceira volta o sol afundou e o mar se fez negro.

Então ficou fosforescente. "Ali estão os tesouros!", exclamava Adderley na escuridão, dedo estendido para o dourado turvo das ondas. Mas enquanto o *Rose d'Alger* ainda percorria o mesmo orbe, ergueu-se a aurora quente sobre o oceano calmo e claro. E durante oito dias seguiu singrando assim. Os olhos dos homens se anuviavam de tanto perscrutar a limpidez do mar. Phips já não tinha provisões. Era preciso partir. A ordem foi dada, e o *Rose d'Alger* encetou a viragem. Foi quando Adderley vislumbrou, num flanco do recife, uma linda alga branca que vacilava, e a quis para si. Um índio mergulhou e a arrancou. Trouxe-a, pendendo na vertical. Era muito pesada, e suas raízes retorcidas pareciam envolver um calhau. Adderley sopesou-a e bateu as raízes no tombadilho para livrá-la de seu peso. Algo reluzente rolou sob o sol. Phips deu um grito. Era um lingote de prata que devia valer umas trezentas libras. Adderley balançava estupidamente a alga branca. Imediatamente mergulharam todos os índios. Em poucas horas, o convés ficou coberto de sacos duros, petrificados, incrustados de calcário e revestidos de conchinhas. Foram estripados com escopros e martelos; e pelos rasgões surgiam lingotes de ouro e prata, e moedas de oito.[26] "Deus seja louvado!", exclamou Phips, "nossa fortuna

---

[26]Moeda de oito, ou *peso duro*: moeda de prata com valor de oito reais, muito difundida no século XVIII durante a colonização espanhola.

MARCEL SCHWOB

está feita!" O tesouro valia trezentas mil libras esterlinas. Adderley só repetia: "E tudo isso saiu da raiz de uma alguinha branca!". Morreu louco nas Bermudas, alguns dias depois, balbuciando essas palavras.

Phips transportou o seu tesouro. O rei da Inglaterra o tornou sir William Phips, e nomeou-o High Sheriff em Boston. Lá ele concretizou sua quimera e mandou construir uma linda casa de tijolos vermelhos na Avenida Verde. Tornou-se um homem importante. Foi quem comandou a campanha contra as possessões francesas, e arrebatou a Acádia ao sr. de Meneval e ao cavalheiro de Villebon. O rei nomeou-o governador de Massachussets, capitão geral do Maine e da Nova Escócia. Seus cofres estavam abarrotados de ouro. Ele empreendeu o ataque ao Quebec, depois de levantar todo o dinheiro disponível em Boston. O empreendimento falhou e a colônia saiu arruinada. Então Phips emitiu papel-moeda. A fim de elevar seu valor, trocou por este papel todo o seu ouro líquido. Mas a sorte havia virado. A cotação do papel caiu. Phips perdeu tudo, ficou pobre, endividado, e seus inimigos o espreitavam. Sua prosperidade só tinha durado oito anos. Partiu, miserável, para Londres e ao desembarcar foi detido pela quantia de vinte mil libras, a pedido de Dudley e Brenton. Os sargentos o levaram para a prisão de Fleet.

Sir William Phips foi encarcerado numa cela desnuda. Só lhe restava o lingote de prata que lhe trouxera a glória, o lingote da alga branca. Estava exaurido de febre e desespero. A morte o apanhou pela garganta. Ele se debateu. Mesmo nessa hora, ainda era assombrado por seu sonho de tesouros. O galeão do governador espanhol Bobadilla, carregado de ouro e prata, naufragara próximo às Bahamas. Phips mandou buscar o diretor da prisão. A febre e a esperança furiosa tinham-no descarnado. Mostrou ao diretor o lingote de prata em sua mão ressecada e murmurou num estertor:

— Deixe-me mergulhar; veja, esse é um dos lingotes de Bo-ba-dil-la.

Então expirou. O lingote da alga branca pagou o seu caixão.

CAPITÃO KID PIRATA

Não há um consenso sobre por que motivo foi dado a esse pirata o nome do cabrito (*Kid*). O ato pelo qual Guilherme III, rei da Inglaterra, investiu-o em suas funções na galera *Aventura*, em 1695, começa com as palavras: "Ao nosso leal e bem-amado capitão William Kid, comandante etc. Saudações". O certo é que, desde então, tratou-se de um nome de guerra. Dizem alguns que, sendo elegante e refinado, ele tinha o hábito de sempre usar, no combate e na manobra, delicadas luvas de cabrito com barra de renda de Flandres; outros afirmam que, em suas piores matanças, exclamava: "Eu, que sou doce e bom feito um cabrito recém-nascido"; outros ainda garantem que ele guardava o ouro e as joias em sacos muito flexíveis, feitos de pele de cabra nova, e que tal uso datava do dia em que pilhou uma nau carregada de mercúrio com que encheu mil bolsas de couro, ainda hoje enterradas na encosta de uma pequena colina nas Ilhas Barbados. Basta saber que seu pavilhão de seda preta trazia bordadas uma caveira e uma cabeça de ca-

MARCEL SCHWOB

brito, e assim também era gravado seu sinete. Todos os 137
que buscam os muitos tesouros que ele escondeu nas
costas dos continentes da Ásia e da América levam à
sua frente um cabritinho preto, que supostamente deveria gemer no lugar onde o capitão enterrou seu butim;
mas nenhum deles conseguiu. O próprio Barba Negra,
que tinha informações por Gabriel Loff, um antigo marujo de Kid, não encontrou nas dunas, sobre as quais
se ergue hoje Fort Providence, mais que gotas esparsas
de mercúrio ressudando na areia. E são inúteis todas
essas buscas, tendo o capitão Kid afirmado que seus
esconderijos seriam eternamente ignorados por causa
do "homem da selha ensanguentada". Kid foi, de fato,
assombrado a vida inteira por este homem, e os tesouros de Kid, após sua morte, têm sido assombrados e
defendidos por ele.

Lorde Bellamont, governador de Barbados, exaspe-
rado pelo imenso butim dos piratas nas Índias Ociden-
tais, equipou a galera *Aventura* e obteve do rei, para o capitão Kid, a patente de comandante. Kid de havia muito
invejava o célebre Ireland que pilhava todos os com-
boios; prometeu a lorde Bellamont tomar sua chalupa e
trazê-lo com seus companheiros para serem executados.
A *Aventura* levava trinta canhões e cinquenta homens.
Kid aportou primeiramente em Madeira e abasteceu-se
de vinho; depois, em Bonavista, para carregar sal; por
fim, em Santiago, onde fez provisão completa. E de lá
fez-se à vela rumo à entrada do Mar Vermelho onde, no
Golfo Pérsico, há um lugar numa pequena ilha chamado
Chave de Bab.

Foi lá que o capitão Kid reuniu seus companheiros

VIDAS IMAGINÁRIAS

e mandou que içassem o pavilhão negro com a caveira. Juraram todos, sobre o machado, obediência absoluta ao regulamento dos piratas. Cada homem tinha direito a voto, e igual direito aos mantimentos frescos e licores fortes. Eram proibidos os jogos de baralho e dados. As luzes e candeias deviam ser apagadas às oito horas da noite. Se um homem quisesse beber mais até mais tarde, que bebesse no tombadilho, no escuro, a céu aberto. A equipe não receberia mulheres nem rapazes. Quem introduzisse um deles sob disfarce seria punido de morte. Os canhões, pistolas e facões tinham de ser conservados e polidos. As diferenças seriam resolvidas em terra, com sabre e pistola. O capitão e o quartel-mestre teriam direito a duas partes; o mestre, o contramestre e o artilheiro, a uma e meia; os outros oficiais a uma e um quarto. Descanso para os músicos no dia de Sabá.

O primeiro navio com que cruzaram era holandês, comandado pelo *Schipper* Mitchel. Kid içou o pavilhão francês e deu caça. O navio exibiu em seguida as cores francesas; com o quê o pirata interpelou em francês. O *Schipper* tinha um francês a bordo, que respondeu. Kid perguntou-lhe se tinha um passaporte. O francês disse que sim: "Pois em virtude de seu passaporte, respondeu Kid, por Deus, considero-o capitão deste navio". E imediatamente mandou enforcá-lo na verga. Então, um por um, mandou vir os holandeses. Interrogou-os e, fingindo não entender flamengo, ordenou a cada prisioneiro: "Francês — a prancha!". Amarraram uma prancha no botaló. Os holandeses todos, nus, correram para cima dela ante a ponta do facão do contramestre, e saltaram no mar.

MARCEL SCHWOB

Nisso, Moor, o artilheiro do capitão Kid, ergueu a voz: "Capitão", gritou, "por que está matando estes homens?". Moor estava bêbado. O capitão se virou e, empunhando uma selha, bateu-lhe na cabeça. Moor tombou, com o crânio rachado. O capitão Kid mandou lavar a selha, em que se grudavam cabelos com sangue coagulado. Nunca mais homem nenhum da tripulação quis mergulhar o lambaz naquela selha. Deixaram-na amarrada no filerete.

Daquele dia em diante, o capitão Kid foi assombrado pelo homem da selha. Quando tomou a nau moura *Queda*, tripulada por indianos e armênios, com dez mil libras de ouro, no momento da partilha do butim o homem da selha ensanguentada estava sentado sobre os ducados. Kid o avistou, e praguejou. Desceu para sua cabine e emborcou uma caneca de aguardente. Em seguida, de volta ao tombadilho, mandou jogar a velha selha ao mar. Ao abordarem a rica nau mercante *Mocco*, não encontravam com o que medir as partes de ouro em pó do capitão. "Uma selha cheinha", disse uma voz por trás do ombro de Kid. Ele açoitou o ar com seu facão e enxugou os lábios, que espumavam. Então mandou enforcar os armênios. Os homens da tripulação não pareciam ter ouvido nada. Quando Kid atacou o *Hirondelle*, deitou-se em seu beliche depois da partilha. Ao acordar, sentiu-se banhado em suor e chamou um marujo pedindo o necessário para lavar-se. O homem lhe trouxe água numa bacia de estanho. Kid o encarou e berrou: "São esses os modos de um cavalheiro de fortuna? Miserável! Trouxeste uma selha cheia de sangue!". O marujo escapuliu. Kid mandou desembarcá-lo e o abandonou com um fuzil, uma garrafa de pólvora e uma garrafa de água. Não teve outro motivo para enterrar seu butim em diferentes lugares ermos, entre as areias, se não sua certeza de que toda noite o artilheiro assassinado vinha com sua selha esvaziar o paiol do ouro e jogar as riquezas ao mar.

Kid foi apanhado ao largo de Nova York. Lorde Bellamont o despachou para Londres. Foi condenado ao patíbulo. Enforcaram-no no cais da Execução, com sua roupa vermelha e suas luvas. No momento em que o carrasco lhe passava o capuz preto sobre os olhos, o capitão Kid se debateu e gritou: "Santo Deus! Eu sabia que ele ainda ia me enfiar a selha na cabeça!" O cadáver pretejado ficou enganchado nas correntes por mais de vinte anos.

WALTER KENNEDY PIRATA ILETRADO

O capitão Kennedy era irlandês e não sabia ler nem escrever. Chegou ao posto de tenente, sob o comando do grande Roberts, pelo talento que tinha para a tortura. Dominava perfeitamente a arte de torcer uma mecha em volta da testa do prisioneiro até que os olhos lhe saltassem para fora, ou de afagar-lhe o rosto com folhas de palmeira inflamadas. Sua reputação consagrou-se no julgamento de Darby Mullin, suspeito de traição, realizado a bordo do *Corsário*. Os juízes sentaram-se junto à bitácula do timoneiro, frente a uma tigela grande de ponche, cachimbos e fumo; então teve início a sessão. Estavam para votar a sentença, quando um dos juízes propôs fumarem mais um cachimbo antes da deliberação. Então Kennedy se levantou, tirou o cachimbo da boca, cuspiu, e falou nestes termos:

— Santo Deus! Senhores e cavalheiros de fortuna, o diabo que me carregue se não enforcarmos Darby Mullin, meu velho companheiro. Darby é um bom moço, santo Deus! Dane-se quem disser o contrário, e somos cavalheiros, que diabo! Remamos juntos, Santo Deus! E, raios, gosto dele, de coração! Senhores e cavalheiros de fortuna, eu o conheço bem; é um verdadeiro velhaco; se viver, nunca que irá se arrepender; o diabo que me carregue se ele se arrepender, não é, Darby, meu velho? Vamos enforcá-lo, Santo Deus! E se me permitem os ilustres presentes, vou beber um bom trago à sua saúde.

Tal discurso pareceu admirável e digno das mais nobres preleções militares relatadas pelos mais antigos. Roberts ficou encantado. Desse dia em diante, Kennedy descobriu a ambição. Ao largo de Barbados, tendo Roberts se perdido numa chalupa ao perseguir uma nau portuguesa, Kennedy obrigou seu companheiros a elegê-lo capitão do *Corsário*, e fez-se à vela por conta própria. Afundaram e pilharam inúmeros bergantins e galeras, carregados de açúcar e fumo do Brasil, sem contar o pó de ouro e os sacos cheios de dobrões e moedas de oito. Sua bandeira era de seda preta, com uma caveira, uma ampulheta, dois ossos cruzados e, embaixo, um coração encimado por um dardo do qual escorriam três gotas de sangue. Assim equipados, cruzaram com uma pacífica chalupa da Virgínia, cujo capitão era um piedoso quacre chamado Knot. Aquele homem de Deus não trazia a bordo nem rum, nem pistolas, nem sabres,

VIDAS IMAGINÁRIAS

nem facão; vestia um comprido traje preto e usava um chapéu de abas largas da mesma cor.

— Santo Deus! — disse o capitão Kennedy — É um *bon-vivant*, e alegre; é disso que eu gosto; não vamos fazer mal ao meu amigo, o senhor capitão Knot, que se veste de forma tão divertida.

O sr. Knot inclinou-se, com silenciosos trejeitos.

— Amém — disse o sr. Knot. — Assim seja.

Os piratas presentearam o sr. Knot. Ofereceram-lhe trinta moedas de ouro, dez rolos de fumo do Brasil e saquinhos de esmeraldas. O sr. Knot recebeu muito bem as moedas de ouro, as pedras preciosas e o fumo.

— São presentes que é lícito aceitar, para fazer deles um uso piedoso. Ah! Quisera o céu que nossos amigos que singram os mares fossem todos animados por tais sentimentos! O Senhor aceita todas as restituições. São, por assim dizer, os membros do terneiro, e as partes do ídolo Dagon[27] que estão, meus amigos, lhe oferecendo em sacrifício. Dagon ainda reina nestes países profanos, e seu ouro traz más tentações.

— Que Dagon o quê — disse Kennedy —, cale a boca, santo deus! Receba o que lhe dão e tome um trago.

E o sr. Knot se inclinou serenamente. Recusou, porém, sua dose de rum.

— Senhores, meus amigos — disse ele...

— Cavalheiros de fortuna, santo deus! — exclamou Kennedy.

— Senhores cavalheiros, meus amigos — retomou o sr. Knot —, os licores fortes são, por assim dizer, agui-

---

[27]Antigo deus semita da fertilidade e da pesca.

MARCEL SCHWOB

lhões de tentação que nossa carne fraca não saberia suportar. Vocês, meus amigos...

— Cavalheiros de fortuna, santo deus! — exclamou Kennedy.

— Vocês, meus amigos e afortunados cavalheiros — retomou o sr. Knot —, tarimbados que são por longas provações contra o Tentador, possivelmente, provavelmente eu diria, não sofram seus inconvenientes; mas seus amigos ficariam incomodados, gravemente incomodados...

— Incomodados o diabo! — disse Kennedy. — Este homem fala admiravelmente, mas eu bebo melhor. Ele vai nos levar à Carolina para ver seus excelentes amigos, os quais decerto possuem outros membros desse terneiro de que ele falou. Não é, sr. capitão Dagon?

— Assim seja — disse o quacre —, mas Knot é o meu nome.

E inclinou-se novamente. As grandes abas do seu chapéu tremulavam ao vento.

O *Corsário* jogou a âncora numa angra preferida pelo homem de Deus. Prometeu trazer seus amigos e de fato voltou, naquela mesma noite, com uma companhia de soldados enviados pelo sr. Spotswood, governador da Carolina. O homem de Deus jurou aos seus amigos, os cavalheiros de fortuna, que isso era apenas para impedir que introduzissem naquelas regiões profanas seus tentadores licores. E quando os piratas foram detidos:

— Ah! Meus amigos — disse o sr. Knot —, aceitem todas as mortificações, tal como eu fiz.

— Santo deus! Mortificação é a palavra — praguejou Kennedy.

VIDAS IMAGINÁRIAS

Foi posto a ferros a bordo de um navio para ser julgado em Londres. Foi recebido pelo tribunal de Old Baley. Assinou com cruz todos os seus interrogatórios, colocando a a mesma marca que traçava em seus recibos de apreensão. Seu derradeiro discurso foi pronunciado no cais da Execução, onde a brisa do mar balançava os cadáveres de antigos cavalheiros de fortuna enforcados nas próprias correntes.

— Santo Deus! É muita honra — disse Kennedy —, fitando os enforcados. Vão me pendurar ao lado do capitão Kid. Já não tem mais os olhos, mas deve ser ele. Só ele para usar tão rico traje de pano carmim. Kid sempre foi um homem elegante. E escrevia! Conhecia as letras, diacho! Uma mão tão bonita! Com licença, capitão. (Saudou o corpo ressecado com traje carmesim). Mas ele também foi cavalheiro de fortuna.

MAJOR STEDE BONNET
PIRATA POR PROPENSÃO

O major Stede Bonnet era um cavalheiro aposentado do exército que vivia em suas plantações, na ilha de Barbados, por volta de 1715. Suas lavouras de cana-de-açúcar e café propiciavam-lhe uma renda, e fumava com prazer o fumo que ele mesmo cultivava. Tendo sido casado, não fora feliz nessa união e dizia-se que a mulher lhe perturbara o juízo. Com efeito, sua mania só se manifestou depois dos quarenta e, de início, seus vizinhos e criados prestaram-se a ela inocentemente.

A mania do Major Stede Bonnet era a seguinte. Sempre que tinha oportunidade, depreciava a tática terrestre

MARCEL SCHWOB

e louvava a da marinha. Só sabia falar em Avery, Charles Vane, Benjamim Hornigold e Edward Teach. Eram, segundo ele, navegadores intrépidos e homens empreendedores. Singravam, naquele tempo o Mar das Antilhas. Se acontecia de alguém os chamar de piratas perante o major, ele exclamava:

— Louvado seja Deus, então, por permitir que esses piratas, como o senhor diz, deem exemplo da vida honesta e comunitária que levavam nossos ancestrais. Não existiam então possuidores de riquezas, nem guardiões de mulheres, nem escravos para produzir o açúcar, o algodão e o índigo; um deus generoso dispensava todas as coisas e cada um recebia a sua parte. Eis por que admiro ao extremo os homens livres que dividem seus bens entre si e juntos levam uma vida de companheiros de fortuna.

Ao percorrer suas plantações, costumava o major bater no ombro de um trabalhador:

— Não seria melhor, imbecil, estivar num navio de guerra ou brigantina os fardos da miserável planta sobre cujas mudas aqui vertes teu suor?

Quase toda noite, o major reunia seus serviçais nos alpendrados e lia para eles à luz da candeia, enquanto as moscas de cor ruidavam em volta, os grandes feitos dos piratas da Hispaniola e da Ilha da Tartaruga. Pois alguns folhetos alertavam as aldeias e fazendas sobre as suas rapinas.

— Excelente Vane! — exclamava o major. — Bravo Hornigold, legítima cornucópia repleta de ouro! Sublime Avery, que carregas as joias do grande mongol e rei de Madagascar! Admirável Teach, que soubeste

VIDAS IMAGINÁRIAS

governar sucessivamente quatorze mulheres e livrar-se delas, e tiveste a ideia de entregar toda noite a última (tem apenas dezesseis anos) a teus melhores companheiros (por pura generosidade, grandeza de alma e ciência do mundo) na tua boa ilha de Okerecok! Oh, feliz daquele que seguisse os teus caminhos, que contigo bebesse seu rum, Barba Negra, mestre da *Revanche da Rainha Ana*!

Discursos esses que os criados do major escutavam com espanto e em silêncio; e as palavras do major só eram interrompidas pelo leve ruído abafado das lagartixas, à medida que caíam do telhado, o pavor relaxando as ventosas de suas patas. Então o major, protegendo a candeia com a mão, traçava com a bengala, em meio às folhas de fumo, as manobras navais daqueles grandes capitães, e ameaçava com a *lei de Moisés* (assim se referem os piratas à bastonada de quarenta golpes) quem não compreendesse a fineza das evoluções táticas próprias da pirataria.

Por fim, o major Stede Bonnet não conseguiu resistir; e, comprando uma velha chalupa de dez peças de canhão, equipou-a com tudo quanto convinha à pirataria, tal como facões, arcabuzes, escadas, pranchas, arpéus, machados, Bíblias (para prestar juramento), pipas de rum, lanternas, fuligem para escurecer o rosto, pez, mechas para queimar entre os dedos dos ricos mercadores e uma quantidade de bandeiras pretas com caveira branca, dois fêmures cruzados e o nome da nau: a *Revanche*. Então, mandou de repente subir a bordo setenta de seus criados e fez-se ao mar, à noite, rumo ao oeste, passando rente a São Vicente, para dobrar o

Yucatan e piratear todas as costas até Savannah (onde jamais chegou).

O major Stede Bonnet nada conhecia das coisas do mar. Começou então a perder a cabeça entre a bússola e o astrolábio, confundindo artemão com artilharia, mezena com dezena, botaló com bota-sela, ouvido de caronada com ouvido de canhão, escotilha com escovilhão, mandando estivar ao invés de estingar, tão perturbado, em suma, pelo tumulto dos termos desconhecidos e o movimento inusitado do mar, que até pensou em voltar à terra de Barbados, não fosse o glorioso desejo de içar a bandeira preta à vista da primeira nau tê-lo mantido em seu intento. Não embarcara nenhum mantimento, contando com a pilhagem. Na primeira noite, porém, não avistaram o menor clarão de algum navio de guerra. O major Stede Bonnet resolveu então que era preciso atacar uma aldeia.

Alinhando todos os seus homens no tombadilho, distribuiu-lhes facões novos e exortou-os à maior ferocidade; depois mandou trazer uma selha de fuligem com a qual escureceu o próprio rosto, ordenando que o imitassem, o que fizeram, não sem alegria.

Julgando, por fim, segundo lembrava, que convinha estimular a tripulação com alguma bebida habitual dos piratas, mandou servir a cada homem uma pinta de rum misturado com pólvora (na falta de vinho, o ingrediente comum na pirataria). Os criados do major obedeceram; mas, contrariamente ao esperado, o rosto deles não se inflamou de furor. Avançaram com certa compostura para bombordo e estibordo e, debruçando os rostos negros por sobre os fileretes, ofereceram a mis-

VIDAS IMAGINÁRIAS

tura ao mar celerado. Depois disso, estando a *Revanche* meio encalhada na costa de São Vicente, desembarcaram titubeando.

A hora era matinal, e as fisionomias surpresas dos aldeões não suscitavam a ira. O próprio coração do major não estava com disposição para gritos. De modo que adquiriu dignamente arroz e legumes secos com porco salgado, que pagou (à maneira pirata e com grande nobreza, segundo lhe pareceu) com duas barricas de rum e um calabre velho. Depois disso, lograram os homens, a muito custo, desencalhar a *Revanche*; e o major Stede Bonnet, inflado com sua primeira conquista, se fez novamente ao mar.

Navegou o dia inteiro e a noite toda, sem saber que vento o levava. Na aurora do segundo dia, adormecido junto da bitácula do timoneiro, desconfortável com seu facão e bacamarte, o major Stede Bonnet foi acordado por um grito:

— Ô da chalupa!

E avistou, a umas cento e vinte braças, o botaló de uma nau a balançar-se. Na proa estava um homem barbudíssimo. Uma bandeirinha preta flutuava no mastro.

— Içar o pavilhão de morte! — exclamou o major Stede Bonnet.

E, lembrando que sua patente era de exército em terra, decidiu no ato adotar outro nome, seguindo ilustres exemplos. De modo que respondeu sem qualquer demora:

— Chalupa *Revanche*, comandada por mim, capitão Thomas, com meus companheiros de fortuna.

Com o quê o homem barbudo pôs-se a rir:

MARCEL SCHWOB

— Um feliz encontro, companheiro — disse ele. — Podemos navegar juntos. E venham tomar um trago de rum a bordo da *Revanche da Rainha Ana*.

O major Stede Bonnet imediatamente percebeu que aquele era o capitão Teach, o Barba Negra, o mais famoso entre todos que admirava. Sua alegria, porém, foi menor do que teria imaginado. Teve a sensação de que iria perder sua liberdade de pirata. Taciturno, passou a bordo do navio de Teach, o qual o recebeu com muita cordialidade, um copo na mão.

— Companheiro — disse Barba Negra —, você me agrada muitíssimo. Mas navega de modo imprudente. E, se quiser um conselho, capitão Thomas, fique aqui na nossa boa nau, e eu mando esse bravo homem muito experiente, que se chama Richards, conduzir sua chalupa; e na nau de Barba Negra terá todo o vagar para desfrutar livremente a vida dos cavalheiros de fortuna.

O major Stede Bonnet não ousou recusar. Desembaraçaram-no de seu facão e do bacamarte. Prestou juramento sobre o machado (pois Barba Negra não suportava a visão da Bíblia) e foi definida sua ração de biscoito e rum, assim como a parte que lhe caberia em pilhagens futuras. O major não tinha ideia de que a vida dos piratas fosse tão regulamentada. Suportou a fúria de Barba Negra e os terrores da navegação. Tendo saído de Barbados como fidalgo para ser pirata segundo sua fantasia, foi forçado a tornar-se um pirata de fato na *Revanche da Rainha Ana*.

Levou aquela vida por três meses, durante os quais auxiliou seu chefe em treze pilhagens, e então deu jeito de voltar à sua própria chalupa, a *Revanche*, sob o co-

VIDAS IMAGINÁRIAS

mando de Richards. No que se mostrou prudente já que, na noite seguinte, Barba Negra foi atacado à entrada de sua ilha de Okerecok pelo tenente Maynard, vindo de Bathtown. Barba Negra foi morto no combate, e o tenente ordenou que lhe cortassem a cabeça e a amarrassem no alto de seu gurupés; e assim foi feito.

Entretanto, o pobre capitão Thomas fugiu para a Carolina do Sul e ainda navegou várias semanas. O governador de Charlestown, avisado de sua passagem, encarregou o coronel Reth de detê-lo na ilha de Sullivans. O capitão Thomas deixou-se prender. Foi levado a Charlestown em grande pompa sob seu nome de major Stede Bonnet, que reassumiu assim que pôde. Foi deixado no cárcere até 10 de novembro de 1718, quando compareceu perante a corte do vice-almirantado. O chefe de justiça Nicolas Trot o condenou à morte com este mui belo discurso:

— Major Stede Bonnet, o senhor foi julgado por duas acusações de pirataria, mas sabe que pilhou pelo menos treze naus. De modo que poderia ser acusado de mais onze delitos; mas dois serão suficientes (disse Nicolas Trot), por serem eles contrários à lei divina, a qual ordena: *Não furtarás* (Êxodo 20, 15), e o apóstolo são Paulo declara expressamente que *os ladrões não herdarão o Reino de Deus* (1 Coríntios 6, 10). Mas o senhor é, além disso, culpado de homicídio: e os homicidas (disse Nicolas Trot) *terão como quinhão o tanque ardente de fogo e enxofre, a segunda morte* (Apocalipse 21, 8). E quem poderá (disse Nicolas Trot) *habitar com as labaredas eternas?* (Isaías 33, 14). Ah! Major Stede Bonnet, tenho pleno motivo para temer que os princípios da religião com que imbuíram sua juventude (disse Nicolas Trot) estejam muito corrompidos por sua vida ruim e sua demasiada aplicação à literatura e à vã filosofia do nosso tempo; pois *se seu prazer tivesse sido a lei do Eterno* (disse Nicolas Trot) *e sobre ela meditasse dia e noite* (Salmos 1, 2), teria encontrado na *palavra de Deus uma lâmpada para os seus pés e uma luz para os seus caminhos* (Salmos 119, 105). Contudo, assim não fez. Só resta-lhe então fiar-se no *Cordeiro de Deus* (disse Nicolas Trot) *que tira o pecado do mundo* (João 1, 29), *que veio salvar o que estava perdido* (Mateus 18, 11) e prometeu *não jogar fora aquele que vier a ele* (João 6, 37). De modo que se quiser retornar a ele, ainda que tarde (disse Nicolas Trot), como os operários da undécima hora da parábola dos vinhateiros (Mateus 20, 6-9), ele ainda poderá recebê-lo. Entretanto, esta corte pronuncia (disse Nicolas Trot) que será conduzido ao local da execução, onde será enforcado pelo pescoço até a morte.

Tendo escutado, compungido, o discurso do chefe de justiça Nicolas Trot, foi o major Stede Bonnet enforcado naquele mesmo dia em Charlestown, como ladrão e pirata.

SR. BURKE E SR. HARE ASSASSINOS

Alçou-se o sr. William Burke da mais baixa condição a uma fama eterna. Nasceu na Irlanda e começou como sapateiro. Durante vários anos exerceu este ofício em Edimburgo, onde tornou-se amigo do sr. Hare, sobre o qual teve grande influência. Na colaboração entre

VIDAS IMAGINÁRIAS

o sr. Burke e o sr. Hare, não resta dúvida de que a força inventiva e simplificadora pertenceu ao sr. Burke. Seus dois nomes, porém, permanecem tão inseparáveis na arte como os nomes de Beaumont e Fletcher. Viveram juntos, trabalharam juntos e foram presos juntos. O sr. Hare nunca protestou contra a preferência popular que se ateve em especial à pessoa do sr. Burke. Tão completo desprendimento não foi recompensado. Foi o sr. Burke quem legou seu nome ao procedimento peculiar que tornou conhecidos os dois colaboradores. O monossílabo *burke*[28] ainda estará vivo na boca dos homens muito tempo depois de a pessoa de Hare cair no esquecimento que injustamente se estende sobre os trabalhadores obscuros.

O sr. Burke parece ter colocado em sua obra a fantasia feérica da ilha verde onde nascera. Sua alma deve ter se impregnado dos relatos do folclore. Há no que ele fez como que um remoto sabor das *Mil e uma noites*. Qual o califa errante nos jardins noturnos de Bagdá, desejou misteriosas aventuras, sendo curioso por relatos desconhecidos e pessoas estrangeiras. Qual o alto escravo negro armado de pesada cimitarra, não achou mais digno desfecho para sua volúpia que a morte dos outros. Sua originalidade anglo-saxônica, porém, consistiu no fato de ele saber tirar o mais prático proveito dos divagares de sua imaginação celta. Quando seu gozo artístico terminava, o que fazia o escravo negro, pois não, com aqueles a quem cortara a cabeça? Com

---

[28]O termo *burking* entrou para a língua inglesa para designar morte por sufocamento mediante forte pressão no peito.

MARCEL SCHWOB

uma barbárie bem árabe, decepava-os em pedaços e os conservava, salgados, num porão. Que proveito tirava disto? Nenhum. O sr. Burke foi infinitamente superior.

O sr. Hare, de certo modo, serviu-lhe de Dinarzade.[29] A inventividade do sr. Burke, ao que parece, era especialmente estimulada pela presença do amigo. A ilusão dos sonhos de ambos permitiu que usassem um pardieiro para abrigar pomposas visões. O sr. Hare morava num pequeno cômodo no sexto andar de um edifício densamente habitado de Edimburgo. Um sofá, uma caixa grande e alguns objetos de higiene compunham decerto a sua mobília. Numa mesinha, uma garrafa de uísque com três copos. O sr. Burke recebia, via de regra, só uma pessoa de cada vez, e nunca a mesma. Sua tática consistia em convidar, ao cair da tarde, um transeunte desconhecido. Andava pelas ruas examinando as fisionomias que despertavam sua curiosidade. Às vezes, escolhia ao acaso. Dirigia-se ao desconhecido com a polidez de um Harun al-Rashid.[30] O desconhecido galgava os seis andares até o quartinho do sr. Hare. Este lhe cedia o sofá; para beber, oferecia-lhe uísque escocês. O sr. Burke o indagava sobre os fatos mais surpreendentes de sua existência. Era um ouvinte insaciável, o sr. Burke. O relato sempre era interrompido pelo sr. Hare, antes

[29]Irmã de Sherazade, heroína das *Mil e uma noites*, a quem ajudou em seu plano de manter o interesse do sultão narrando um conto a cada dia. Cabia a Dinarzade acordar a irmã diariamente, antes do nascer do sol, para contar suas histórias.

[30]Harun al-Rashid (766–869), quinto califa da dinastia abássida, protetor das letras e das artes, retratado com sua corte nas *Mil e uma noites*. Foi sob seu reinado, num período de grande prosperidade, o apogeu do império islâmico.

VIDAS IMAGINÁRIAS

do raiar do dia. A forma como a interrompia era invariavelmente igual, e bastante imperativa. Para interromper o relato, o sr. Hare costumava passar por trás do sofá e colocar as duas mãos sobre a boca do narrador. Nisso, vinha o sr. Burke sentar-se sobre o seu peito. Sonhavam ambos, imóveis nesta posição, com o final da história que nunca escutavam. Desta maneira, o sr. Burke e o sr. Hare concluíram uma quantidade de histórias que o mundo jamais conhecerá.

Quando a narrativa cessava definitivamente, junto com o sopro do narrador, o sr. Burke e o sr. Hare passavam a explorar o mistério. Despiam o desconhecido, admiravam suas joias, contavam seu dinheiro, liam suas cartas. Algumas correspondências não eram destituídas de interesse. Depois punham o corpo para esfriar na caixa grande do sr. Hare. E era quando o sr. Burke demonstrava a força prática de sua mente.

Era importante que o cadáver estivesse fresco, mas não morno, para o prazer da aventura ser desfrutado até o final.

Naqueles primeiros anos do século, os médicos estudavam a anatomia com paixão; mas, devido aos princípios da religião, tinham muita dificuldade em conseguir sujeitos para dissecar. O sr. Burke, espírito esclarecido que era, percebera aquela lacuna da ciência. Não se sabe como chegou a se aliar a um sábio e venerável médico, o doutor Knox, que lecionava na faculdade de Edimburgo. O sr. Burke talvez tivesse assistido a algumas aulas públicas, embora sua imaginação antes devesse incliná-lo para interesses artísticos. O certo é que prometeu ao doutor Knox fazer o possível para ajudá-lo. O doutor

Knox, por sua vez, comprometeu-se em remunerar-lhe o esforço. A tarifa ia decrescendo dos corpos de jovens para os corpos de velhos. Estes últimos só parcamente interessavam ao doutor Knox. Era essa também a opinião do sr. Burke — pois que os velhos em geral tinham menos imaginação. O doutor Knox se tornou famoso entre os colegas em razão de seus conhecimentos em anatomia. O sr. Burke e o sr. Hare desfrutaram da vida como diletantes. Cabe, sem dúvida, datar desta época o período clássico de sua existência.

Pois a todo-poderosa genialidade do sr. Burke logo o impulsionou para além das normas e regras de uma tragédia em que havia sempre um relato e um confidente. O sr. Burke, sozinho (seria pueril invocar alguma influência do sr. Hare), evoluiu para uma espécie de romantismo. O cenário do quartinho do sr. Hare já não lhe bastava, inventou um procedimento noturno no meio da névoa. Os inúmeros imitadores do sr. Burke embaçaram um pouco a originalidade do seu estilo. Eis aqui a autêntica tradição do mestre.

A fecunda imaginação do sr. Burke se cansara dos relatos eternamente similares da experiência humana. Nunca nenhum resultado correspondia à sua expectativa. Chegou ao ponto de só se interessar pelo aspecto real, para ele sempre variado, da morte. Concentrou o drama inteiro no desenlace. Já não lhe importava a qualidade dos atores. Conformou-se ao acaso. O único acessório do teatro do sr. Burke era uma máscara de pano forrada de alcatrão. O sr. Burke saía pelas noites de bruma, segurando a máscara na mão. Ia acompanhado pelo sr. Hare. Esperava o primeiro transeunte, ia cami-

VIDAS IMAGINÁRIAS

nhando na sua frente e então, voltando-se, apertava-lhe súbita e firmemente a máscara de alcatrão sobre o rosto. O sr. Burke e o sr. Hare seguravam imediatamente, cada um de um lado, os braços do ator. A máscara de pano com alcatrão trazia a genial simplificação de sufocar, a um só tempo, os gritos e o sopro. Além disto, era trágica. A névoa esfumava os movimentos da atuação. Alguns atores pareciam fazer o papel de um bêbado. Terminada a cena, o sr. Burke e o sr. Hare tomavam um *cab*, destituíam a personagem; o sr. Hare cuidava das vestimentas e o sr. Burke levava um cadáver fresco e limpo para o doutor Knox.

Aqui, em desacordo com a maioria dos biógrafos, deixarei o sr. Burke e o sr. Hare em sua auréola de glória. Por que destruir tão belo efeito artístico conduzindo-os languidamente até o termo de sua carreira, revelando suas fraquezas e decepções? Não há por que vê-los de outro modo senão com sua máscara na mão, vagando nas noites de névoa. Pois o final de suas vidas foi banal e similar a tantos outros. Dizem que um deles foi enforcado, e que o doutor Knox teve de deixar a faculdade de Edimburgo. O sr. Burke não deixou nenhuma outra obra.

COLEÇÃO DE BOLSO HEDRA

1. *Iracema*, Alencar
2. *Don Juan*, Molière
3. *Contos indianos*, Mallarmé
4. *Auto da barca do Inferno*, Gil Vicente
5. *Poemas completos de Alberto Caeiro*, Pessoa
6. *Triunfos*, Petrarca
7. *A cidade e as serras*, Eça
8. *O retrato de Dorian Gray*, Wilde
9. *A história trágica do Doutor Fausto*, Marlowe
10. *Os sofrimentos do jovem Werther*, Goethe
11. *Dos novos sistemas na arte*, Maliévitch
12. *Mensagem*, Pessoa
13. *Metamorfoses*, Ovídio
14. *Micromegas e outros contos*, Voltaire
15. *O sobrinho de Rameau*, Diderot
16. *Carta sobre a tolerância*, Locke
17. *Discursos ímpios*, Sade
18. *O príncipe*, Maquiavel
19. *Dao De Jing*, Laozi
20. *O fim do ciúme e outros contos*, Proust
21. *Pequenos poemas em prosa*, Baudelaire
22. *Fé e saber*, Hegel
23. *Joana d'Arc*, Michelet
24. *Livro dos mandamentos: 248 preceitos positivos*, Maimônides
25. *O indivíduo, a sociedade e o Estado, e outros ensaios*, Emma Goldman
26. *Eu acuso!*, Zola | *O processo do capitão Dreyfus*, Rui Barbosa
27. *Apologia de Galileu*, Campanella
28. *Sobre verdade e mentira*, Nietzsche
29. *O princípio anarquista e outros ensaios*, Kropotkin
30. *Os sovietes traídos pelos bolcheviques*, Rocker
31. *Poemas*, Byron
32. *Sonetos*, Shakespeare
33. *A vida é sonho*, Calderón
34. *Escritos revolucionários*, Malatesta
35. *Sagas*, Strindberg
36. *O mundo ou tratado da luz*, Descartes
37. *O Ateneu*, Raul Pompeia
38. *Fábula de Polifemo e Galateia e outros poemas*, Góngora
39. *A vênus das peles*, Sacher-Masoch
40. *Escritos sobre arte*, Baudelaire
41. *Cântico dos cânticos*, [Salomão]
42. *Americanismo e fordismo*, Gramsci
43. *O princípio do Estado e outros ensaios*, Bakunin
44. *O gato preto e outros contos*, Poe
45. *História da província Santa Cruz*, Gandavo
46. *Balada dos enforcados e outros poemas*, Villon
47. *Sátiras, fábulas, aforismos e profecias*, Da Vinci
48. *O cego e outros contos*, D.H. Lawrence

49. *Rashômon e outros contos*, Akutagawa
50. *História da anarquia (vol. 1)*, Max Nettlau
51. *Imitação de Cristo*, Tomás de Kempis
52. *O casamento do Céu e do Inferno*, Blake
53. *Cartas a favor da escravidão*, Alencar
54. *Utopia Brasil*, Darcy Ribeiro
55. *Flossie, a Vênus de quinze anos*, [Swinburne]
56. *Teleny, ou o reverso da medalha*, [Wilde et al.]
57. *A filosofia na era trágica dos gregos*, Nietzsche
58. *No coração das trevas*, Conrad
59. *Viagem sentimental*, Sterne
60. *Arcana Cœlestia e Apocalipsis revelata*, Swedenborg
61. *Saga dos Volsungos*, Anônimo do séc. XIII
62. *Um anarquista e outros contos*, Conrad
63. *A monadologia e outros textos*, Leibniz
64. *Cultura estética e liberdade*, Schiller
65. *A pele do lobo e outras peças*, Artur Azevedo
66. *Poesia basca: das origens à Guerra Civil*
67. *Poesia catalã: das origens à Guerra Civil*
68. *Poesia espanhola: das origens à Guerra Civil*
69. *Poesia galega: das origens à Guerra Civil*
70. *O chamado de Cthulhu e outros contos*, H.P. Lovecraft
71. *O pequeno Zacarias, chamado Cinábrio*, E.T.A. Hoffmann
72. *Tratados da terra e gente do Brasil*, Fernão Cardim
73. *Entre camponeses*, Malatesta
74. *O Rabi de Bacherach*, Heine
75. *Bom Crioulo*, Adolfo Caminha
76. *Um gato indiscreto e outros contos*, Saki
77. *Viagem em volta do meu quarto*, Xavier de Maistre
78. *Hawthorne e seus musgos*, Melville
79. *A metamorfose*, Kafka
80. *Ode ao Vento Oeste e outros poemas*, Shelley
81. *Oração aos moços*, Rui Barbosa
82. *Feitiço de amor e outros contos*, Ludwig Tieck
83. *O corno de si próprio e outros contos*, Sade
84. *Investigação sobre o entendimento humano*, Hume
85. *Sobre os sonhos e outros diálogos*, Borges | Osvaldo Ferrari
86. *Sobre a filosofia e outros diálogos*, Borges | Osvaldo Ferrari
87. *Sobre a amizade e outros diálogos*, Borges | Osvaldo Ferrari
88. *A voz dos botequins e outros poemas*, Verlaine
89. *Gente de Hemsö*, Strindberg
90. *Senhorita Júlia e outras peças*, Strindberg
91. *Correspondência*, Goethe | Schiller
92. *Índice das coisas mais notáveis*, Vieira
93. *Tratado descritivo do Brasil em 1587*, Gabriel Soares de Sousa
94. *Poemas da cabana montanhesa*, Saigyō
95. *Autobiografia de uma pulga*, [Stanislas de Rhodes]
96. *A volta do parafuso*, Henry James
97. *Ode sobre a melancolia e outros poemas*, Keats
98. *Teatro de êxtase*, Pessoa

99. *Carmilla — A vampira de Karnstein*, Sheridan Le Fanu
100. *Pensamento político de Maquiavel*, Fichte
101. *Inferno*, Strindberg
102. *Contos clássicos de vampiro*, Byron, Stoker e outros
103. *O primeiro Hamlet*, Shakespeare
104. *Noites egípcias e outros contos*, Púchkin
105. *A carteira de meu tio*, Macedo
106. *O desertor*, Silva Alvarenga
107. *Jerusalém*, Blake
108. *As bacantes*, Eurípides
109. *Emília Galotti*, Lessing
110. *Contos húngaros*, Kosztolányi, Karinthy, Csáth e Krúdy
111. *A sombra de Innsmouth*, H.P. Lovecraft
112. *Viagem aos Estados Unidos*, Tocqueville
113. *Émile e Sophie ou os solitários*, Rousseau
114. *Manifesto comunista*, Marx e Engels
115. *A fábrica de robôs*, Karel Tchápek
116. *Sobre a filosofia e seu método — Parerga e paralipomena (v. II, t. I)*, Schopenhauer
117. *O novo Epicuro: as delícias do sexo*, Edward Sellon
118. *Revolução e liberdade: cartas de 1845 a 1875*, Bakunin
119. *Sobre a liberdade*, Mill
120. *A velha Izerguil e outros contos*, Górki
121. *Pequeno-burgueses*, Górki
122. *A esquerda e o anarquismo*, Bookchin
123. *Um sussurro nas trevas*, H.P. Lovecraft
124. *Primeiro livro dos Amores*, Ovídio
125. *Elixir do pajé — poemas de humor, sátira e escatologia*, Bernardo Guimarães
126. *A nostálgica e outros contos*, Papadiamántis
127. *Lisístrata*, Aristófanes
128. *A cruzada das crianças/ Vidas imaginárias*, Marcel Schwob
129. *O livro de Monelle*, Marcel Schwob

Edição _	Bruno Costa
Coedição _	Iuri Pereira e Jorge Sallum
Capa e projeto gráfico _	Júlio Dui e Renan Costa Lima
Imagem de capa _	Detalhe de *Harbour of Trieste* (1907), de Egon Schiele
Programação em LaTeX _	Marcelo Freitas
Revisão _	Bruno Costa
Assistência editorial _	Bruno Oliveira
Colofão _	Adverte-se aos curiosos que se imprimiu esta obra em nossas oficinas em 9 de fevereiro de 2011, em papel off-set 90 g/m^2, composta em tipologia Minion Pro, em GNU/Linux (Gentoo, Sabayon e Ubuntu), com os softwares livres LaTeX, DeTeX, vim, Evince, Pdftk, Aspell, svn e TRAC.